MAHOROBA
Nara Women's University
Faculty of Letters

# 「ジェンダー」で読む物語

## 赤ずきんから桜庭一樹まで

高岡尚子　編著
Naoko Takaoka

JN218884

# はじめに

奈良女子大学を卒業する学生たちに、この大学で得られた経験についてたずねると、しばしば「女子大ならではの授業を受けることができた」との声が寄せられ、その代表として「ジェンダーに関する授業」をあげられることが、ままある。「ジェンダー」とは、「女」や「男」といった「性」に関わることがらの多くを含むものなので、特に「女子大」（なかでも「奈良女子大学」）でなければ学べないはずはないのだが、現実にはそういう事情が、あるにはある。そもそも日本では、第二次世界大戦が終わって新しい教育システムができるまでは、女子は大学には入れなかった（ごく少数の例外はあるが）。そうして高等教育から遠ざけられていた女子が、「大学」において学ぶとき、自らの性別が社会にどのように位置づけられているかを認識し、そこに課題を発見・解決しようと試みることは、ある意味で理屈の通ったことであるだろう。「女子大学」は、そうした課題研究の担い手であることを自負し追い求めていった結果、現在も、「ジェンダー」に関する学問が「女子大」ならではの、というより、「女子大」でこそやりやすい、あるいは取り組みたくなるテーマであり続けているのかもしれない。

奈良女子大学文学部では、この「ジェンダー」に関する学びと研究の取り組みを二〇〇五年度に開始した。言語文化学科の「ジェンダー言語文化学プロジェクト」がそれである。このプロジェクトでは、日・中・英・米・独・仏の各言語と文学に関する、ジェンダーの視点を用いた研究の促進を目的のひとつにすえ、毎年、学内でシンポジウムや講演会などを開催している。また、同時に力を入れているのが、このような研究の成果を反映させた授業プログラムの提供で、これも毎年「ジェンダー言語文化学概論」「ジェンダー言語文化学演習」「ジェンダー言語文化学特殊研究Ａ・Ｂ」という授業科目を開講している。さらには、これらの取り組みをまとめる形で、二〇一四年には『恋をする、とはどういうことか？――ジェンダーから考えることばと文学』（ひつじ書房）という本を出版し、現在、「概論」と「特殊研究」の授業の中で教科書として使っている。

では、本書『「ジェンダー」で読む物語』は、そこにどう位置づけられるのか？　簡単に答えれば、「演習」の授業である。ただし、「演習」という授業で取り扱うテキストや教科書という意味ではない。「演習」の「授業」そのものである。

もう少し説明しよう。この本の編著者は、「演習」の授業を二〇〇六年から、ずっと担当してきた教員である。スタイルはほとんど変わっていない。最初の何回かで、ジェンダーというものの見方を使って文学作品などを分析する方法を説明するが、その後は、さまざまなテキスト（ジャパニーズ・ポップスの歌詞だったり、童話だったり、小説作品、映画作品など）を、その時の受講学生たちが一緒に読み、鑑賞し、考え、討論し、発表やレポートにまとめていく。教員は、扱うテキストの提案者であり、読みを進めるためのナビゲーターの役割は果たすが、実際にテキストとして扱う「物語」を選び、討論をしながら考えを練り上げていくのは、受講学生自身である。

本書は、二〇一七年度後期の「ジェンダー言語文化学演習」という授業に集った学生たちが、どのようにして「物語」に取り組み、どのような「読み方」（ジェンダーに関わる）を提案していったかを、丹念にたどったものである。「演習」の「授業」そのもの、と言ったのはそのためだ。とはいえ、本書を手に取ってくださる読者には、私たちが「ジェンダー」や「物語」をどのような意味で使っているかを知ってもらいたいと考え、第一章は、そうした基本的なことがらの定義や説明にあてている。第二章からが、受講学生たちが実際に行った読みと解釈の実践なのだが、そこには授業後に回を重ねて行った「勉強会」の成果も含まれている。さらには、読者のみなさん自身が「ジェンダー」について思いをめぐらせ、「物語」についての解釈を提案してみてもらえればなおうれしい。巻末の「文献一覧」や「読書案内」は、その手引きとなるよう願って付したものである。

髙岡　尚子

目次

## 第三章 『きりこについて』(西加奈子)を読む

## 第四章　『青年のための読書クラブ』（桜庭一樹）を読む

# 第一章
# 「物語」とジェンダーの関係

## 1　ジェンダーという考え方

はじめに、この本を底から支えるふたつのことば——**「物語」**と**「ジェンダー」**——を、どのような心づもりで使っているかを説明しておこう。なぜなら、どちらのことばもニュアンスに富んでおり、使い手の意図や立場が明確でないと、読み手に混乱や誤解を与えるかもしれないからだ。もちろん、混乱や誤解が新しい解釈や理解のきっかけになることはあるので、すべてを切り捨てたいわけではない。ここでは、少なくとも、どのような心づもりをして使っているかという、書き手の立場をはっきりさせておきたいと思うのだ。

### 「性」のとらえ方

#### ジェンダー

まずは、**「ジェンダー」**について。このことばは、英語の gender をカタカナ表記したもので、「社会的・文化的・歴史的・心理的な性のあり方」といった説明が与えられることが多い。このように、「社会的・文化的・歴史的・心理的な性」と言うとき念頭においているのは、もうひとつの「性」のとらえかたとしての「生物学的な性＝ sex」のことである。つまり、人間は、生まれてきたときに身体に備わっている生物学的な性（sex）を持つのだが、それだけが根拠になって、「男」あるいは「女」といった性別になじんでいくわけではない。実のところ、成長するに従って身についていく性のあり方（gender）というのがあって、それこそが、人が社会の中で発揮している「女らしさ」あるいは「男らしさ」といったものの正体なのだ、という考え方である。

## ジェンダー・ロール（＝性役割）

では、「社会的・文化的・歴史的・心理的な性」とは、具体的にはどういうもののことを指すのか。ひとつめには、「女らしさ」『男らしさ」といった、その性別らしい振る舞いをあげることができる。このことは「**ジェンダー・ロール（＝性役割）**」と呼んだりすることもあるのだが、要するに、「女」や「男」といった特定の性別には、それにふさわしい振る舞い方や役割が求められる、ということである。たとえば、「男なら～しろ」や「女のくせに～」と書かれているのを見て、「～」に当てはまる内容をいくつか考えてみてほしい。そうして思いついた内容が、私たちの持つ「ジェンダー・ロール」の実態なのだ。

もちろん、「女らしさ」や「男らしさ」を具体的にあらわすものが、時代や地域によって大きく異なることは、言わずもがなのことであろう。にもかかわらず、私たちの多くがその内容を共有しているとしたら、私たちは「社会的・文化的・歴史的」に作られた「性のあり方」（ジェンダー）になじんで生きることを求められていることを知っており、あまり気にしないうちに、そのことを受け入れているということでもある（これを「**内面化**」という）。さらに、性別に期待されている役割（「女らしく振る舞いなさい」／「男らしく振る舞いなさい」）には、無言の圧力が含まれていることにも気を付けておこう。性別にあるべき役割からはずれている場合には、「らしくない」と思われても仕方がないよ、というメッセージが含まれていることが多いのだ。

**ジェンダー・アイデンティティ（＝性自認）**

ふたつめに、自分の性別をどう考えるか、ということについて。先ほど、「生物学的な性＝sex」という言い方をしたが、このことは、ある人が、生まれた時に、どの性に分類されるかということに関わっている。何をもって「男児」とするか、何をもって「女児」とするかは、多くの場合、生まれた際の身体的特徴から判断し、決定され、届け出がされていると考えられる。だが、これははたして本当に「自分の性別」と言えるのだろうか？　確かに、親によって、医師によって、戸籍によって付与された性別というのはあるだろうが、実際に、私自身が持つ性別に関する自覚は、生まれてただちに身に付いているものだろうか？　小さい頃から、「あなたは男の子／女の子ですよ」と言われ、そのように振る舞うことで、求められる性別を受け入れ、なじむようになっていくのではないか。そうであれば、自分が思う性別（このことを「**ジェンダー・アイデンティティ（＝性自認）**」と呼んだりする）もまた、「社会的・文化的・歴史的・心理的」に身に付いていくものとして、「ジェンダー」のカテゴリーに入るものだと考えられる。

もちろん、小さい頃には受け入れていたはずの外から与えられた性別に、だんだんと、違和感をぬぐえなくなっていくことだってあるだろう。「**トランスジェンダー**」は、このような、外側から与えられたり、期待されたりするのとは逆の性別への親和や移行を、広く表すことばだ（最近ではよく耳にするようになった「LGBT」の「T」がこれにあたる)。そのなかでも、周囲のひとたちからは「女」だと思われているが、「性自認」が「男」である場合、また、逆に、「男」だとみなされているが「性自認」が「女」である場合(これを「**性別違和**」と呼ぶ)、そう感じている個人にとって、「性別」はそれだけで非常に深刻な悩みとなってしまう。

**性別**

みっつめに「**性別**」について考えてみよう。これも「ジェンダー」と言えるかどうか?「生物学的な性＝sex」は、身体的特徴によって決定しているものだから、「社会的・文化的・歴史的・心理的な性のあり方」とは言えない、という考え方もあるだろう。しかし、はたしてそう言い切れるかどうか。そもそも「男」あるいは「女」を決定する「生物学的要因」や「身体的特徴」が、それほど明確かどうかという問題がある。性を二分し、「男」か「女」のどちらかに分けるとき、多くの場合は、「性器＝sex」がその根拠になっているだろうが、それにしたってそう明確とは言い切れない。子どもが誕生した際、性器の特徴から男女を判別しようとしてそれが容易ではないケースがあるが(このような身体のあり方を「**インターセックス**(半陰陽)」という)、これだけをとってみても、性の二分別が「決定的」なものではないことがわかるだろう。

自らインターセックスであることを公にしている橋本秀雄は、その著書『男でも女でもない性・完全版』のなかで、ひとの性を決定する要素として、性染色体の構成・性腺の構成・内性器形態・外性器形態・誕生した際に医者が決定する性・戸籍の性・二次性徴・性自認・性的指向の九項目をあげている(橋本秀雄著『男でも女でもない性・完全版』、青弓社、二〇〇四年、15頁)。場合によっては、これ以外の要素が付け加わるかもしれないし、そうすると、分別のためのリストはさらに長くなるだろう。ここで考えなければならないのは、なぜ、私たちはこのように長いリストを使い、苦労してまで、性を「男」と「女」のふたつに分けなければ気が済まないのだろう?ということである。そう考えてみると、「性別」こそが、もっとも手をかけなければ説明のつかない事象、つまり「ジェンダー」の範疇にあるものだ、ということになりはしないか?「生物学的な性・性器＝sex」は自明のことであって、自然なものだから変えられない、という意見は、だから、あまり説得力をもって響かない。むしろ、そこには、どうしても性を「ふたつ」に分け、そこに固定しておきたいという強い意図を読み取ってしまいたくなるのだ。

## 人間の関わりと「性」について

ここまでは、私たちひとりひとりにとっての「性」のとらえ方について考えてきた。自分の「性別」をどのように認識するか、といったことや、期待される「性役割」にどのように対応しているか、といったことである。だが、「性」は必ずしも個人的な問題とは言えず、考えようによっては他人との関わりによって初めて認識されるものなのかもしれない。たとえば、自分が男女のうち、どちらの性に属していると考えるかという「性自認」は、ほんとうに、自分自身によって確立されたものなのだろうか? むしろ、周りにいる人々によって認められている性別(これを「**性他認**」と呼ぶことも可能だろう)を自分のものと感じたり、そうあるべきものとして受け入れてしまっているのかもしれない。そう考えると「性」は、あくまでも個人的な領域に属すもの、とみなされる傾向がある一方で、社会的にどう見られるか、ということも同じ程度に重要なのだと言うことができるだろう。

## セクシュアリティ

そのことを頭の片隅に置きながら、もう少し「性」ということばについて考えてみよう。ここまで、英語のsexを「性別」や「性器」の意味で使ってきたが、ごく一般的に「sex セックス」と言うとき、私たちはいわゆる「セックス＝性交」を思い浮かべていることが多い。つまり「sex セックス」という語には、「性」にまつわる、いくつかの要素が同時に含み込まれているということだ。この事情は日本語でも同様で、「性」と言うときには、「性別」や「性差」など、「男女の区別」の意味で使っていることもあれば、「性欲」や「性愛」など、性的行為にまつわるさまざまなニュアンスを含んだものと認識していることもある。たとえば、「性教育」という表現について考えてみてほしい。性教育はおもに、性器官の形状やはたらき、妊娠の仕組みといった、「性」に関する科学的な知識を養うものと考えられるが、目指すところはそれだけではないだろう。性を持った人間として社会で振る舞うことの意味や、「性交」や「妊娠」などのような、「性」を通じて、異なる身体を関係づけることへの認識を高めることもまた、その重要な目的だろう。こうして考えてみると、日本語の「性」には、それぞれの身体の持つ「性」と、その身体が関係を持つ際の結び目になっている「性」という、ふたつの側面が含まれていることになる。この「結び目」になっているものを、ここではsexとは区別して「**セクシュアリティ** sexuality」と呼んでおこう。

## 性的指向

先ほど、「性」は個人的なものであると同時に社会的に意味づけられるものでもあると述べたが、「セクシュアリティ」は、性を媒介とした他人との関係のなかで発揮される点において、まぎれもなく「社会的」なものだと言えるだろう。その意味で、「セクシュアリティ」は「性」のあり方を広くとられる「ジェンダー」という概念のなかで、とても大きな役割を担っていることになる。

では、「セクシュアリティ」は、具体的に、どのような場面に表れるのだろうか。ひとつめには、他者に対して感じる「性」的な欲望、つまり「性欲＝sexual desire」をあげることができる。ただし、欲望を感じている時点では、他者の身体とじかに関わるかどうかは重要ではないし、これも当然のことであるが、すべての人間が同じ感覚や現象としての「性欲」を共有しているわけではない。

次に考えられるのは、この欲望を感じる対象が誰か（あるいは、どの「性別」か）という「**性的指向**＝sexual orientation」の問題である。一般的に、男性は女性、女性は男性に対して性的欲望を感じるものだと考えられているが（これを「**異性愛**＝ヘテロセクシュアル」と呼んだりする）、必ずしもそうとは言えない。男性が男性に対して、また、女性が女性に対して性的欲望を感じることもあるし（「**同性愛**＝ホモセクシュアル」）、男性にも女性にも同じように性的欲望を感じることもあるだろう（「**両性愛**＝バイセクシュアル」）。さらに言えば、どのような相手に対しても性的欲望を感じない場合もあるわけで（「非性愛」や「無性愛」といった表現もできる)、性欲のあり方も多様なら、どのような対象に向かうかということもまた、バリエーションに富んでいる。「**LGBT**」という表現は、「L＝レズビアン(女性同性愛)・G＝ゲイ(男性同性愛)・B＝バイセクシュアル・T＝トランスジェンダー」の頭文字をとったものだが、こうしてみると、「LGB」という「性的指向」の問題と、「T」という「性自認」の問題が、混在しているのがわかるだろう。

## 性とその多様性

近頃は、「**多様性**＝diversity」ということばがよく用いられるようになり、「性」に関することがらについても、その例外ではない。そもそも「多様性」が言われるようになるためには、ある現象について当然と思われていることについて、疑問符が付けられる必要がある。当たり前だと思われていること、こうあるべきだと、あるいはこうでなければならないと決め付けられてきたことに対して、逆の何かを突きつけることによって、そこに無数の可能性がわきあがる余地が生じるのだ。たとえば、「男は女を愛し、女と性交するものだ」という考えを当たり前とする姿勢(「**異性愛主義**＝ヘテロセクシズム」)に対し、「男を愛し、性交する男もいる」ことを突きつけ、それを認めるようになれば、社会のなかでの「性」のあり方は、ほぼ無限に広がることになる。「男」は「女」を愛するというが、そもそも「男」や「女」はどうやって決めるのか? 性別は簡単に二分できるものではなく、グラデーションのように微細な濃淡があるのだから、性的指向も同じように、さまざまなバリエーションを持っていて当然だろう。また、同じひとりの人間の中でも、生まれてから死ぬまで一定して、同じ性的自己認識を保持しているとは限らない。そうした多くの側面で「性」が「多様性」に富んでいることに、私たちは今、気が付きつつある。

ただし、この「多様性」に関する認識は、何の困難もなく見出され、共有されるわけではない。日本語では「**セクシュアル・マイノリティ**＝性的少数者」という表現を用い、いわゆる「性的多数者」に対峙させるわけだが、さて「性的多数者」とはいったい誰のことなのか？　この問いに答えることは、実は、意外と難しい。そのことは、「異性愛」より「同性愛」の方が、ことばとしては先に誕生したことと同じような矛盾をはらんでいるからだ。

私たちは普段「当たり前」だと思っていることを、気が付かずに放置したり、気が付いても無いものとして扱う傾向にある。そうしておく方が改めて考える必要もなく、わずらわされることもないからで、「もともとそうだから」とか「伝統的」、あるいは「自然だから」という、説明にもなっていないような説明が付されるようなことがらは、この種の「当たり前」であることが多い。それとは対立する事象を見つけたとき、人びとはそれを「問題」とし、少数の側にくくり出し、閉じ込めることによって、何とか対処しようとする。そのくくり出す行為こそが、「同性愛」という「名を付ける」ことにあたるのだが、この時点ではまだ、多数者であるはずの「異性愛」には名が付けられていない。それが名付けられるためには、「性愛」のあり方が単純ではないという認識を持つこともそうだが、なにより、「当たり前」の側が「問題」化される必要がある。それはつまり、すべてのひとが――人種や住んでいる地域、身に付けている文化、性自認、性的指向など、あらゆることを問わず――、自分の「性」が、自分の「問題」であることに気がつくことを意味している。「異性愛」にせよ「同性愛」にせよ、私たちはそれぞれ、みな違った「性」のあり方をもって他のひとたちと関係を結んでいるのだと自覚してはじめて、本当の意味での「多様性」を感じ取るための土壌ができるのだ。

たとえば、「LGBT」は、「性的少数者」を指す表現のひとつであるが、そもそも、個人にとっての「性」のあり方は、それぞれ個別のものであると考えるなら、もう少し広く使えることばがあってもよいだろう。そこで最近では、「SOGI（ソジ）」という表現も用いられるようになってきた。SOGIは、Sexual Orientation and Gender Identity の頭文字をとっていて、つまりは、「性的指向」と「性自認」を合体させた概念だと言える。このようなことばを用いて、それぞれが自らの「性」に自覚的になれば、それが「多様性」の基盤ともなるだろう。

## 2　物語の中の「女」と「男」

### 「物語」に読むもの

ここまで、社会的・文化的・歴史的・心理的な性のあり方である「ジェンダー」について説明してきた。その際、おもに、「性」についての個人としてのとらえ方と、他のひととの「性」にまつわる関係性とに焦点を絞って考えてきたが、なかでも強調してきたのが、「多様性」や「広がり」といった特徴であった。

## 「性」について語ること

このように、「性」にまつわることがらは、それ自体が多様で複雑なのだが、そのことについて語ったり表現したりしようとすると、ことはさらに難しくなる。なぜなら「性」について言語化することは、いわゆる「タブー」とみなされていることが、まだまだ多いからである。たとえば、先ほど「性教育」という表現を取り上げたが、このことばそのものは何の違和感もなく使えても、実際に学校などの場所で「性」について「教育」するときに、何をどう話せばよい／話すべきなのか、それぞれに基準は異なってくるだろう。「男性性器」と「女性性器」はどのように説明するのか？「精子」と「卵子」についてはどうか？「受精」をどう説明するのか？「性交」はどうか？では、「性欲」や「性的指向」については、何をどこまで説明するのだろう？言えばきりがないのだが、そのすべてが、「これは良い／悪い」「必要／不要」「話すべき／話すべきでない」といった判断の対象になることは、想像すればすぐにわかる。

こうした混乱を、なぜ容易に想像できてしまうのか。それは、「性」について語ることに、私たちが躊躇する場面があることを、私たち自身がよく心得ているからだ。自分の「性」に関わること、なかでも「セクシュアリティ」が関わることについて、私たちは大っぴらに詳細を語ることはしない。もちろん、自分自身のことだけではなく、他の人たちの「性」についても同様である。多くの人がいる場面で「性」について表現することは、場合によっては「セクシュアル・ハラスメント」にあたることもあるだろうし、時には法的に問題となることもある。「性」は個人のアイデンティティをなす要素であり、それは、「性」がその人の「尊厳」に関わることがらだということを意味する。それであるからこそ、自分や他人の「性」について「語る」ことには、大きな重圧と制約がかかる。一方で――これも私たちの誰もが知っていることだが――、「性」に関わることが過剰に露出するような媒体があることも事実だ。コンビニやレンタルビデオショップに行けば、「性」を扱う雑誌やビデオが山のように積まれているし、インターネット上のサイトにも、さまざまな性描写や性に関する情報があふれている。

このように、「性」をめぐる表現には、相反する態度が混在してみられることに、ここでは注目しておこう。いったい、「性」はおおっぴらに、詳細に、語りつくすべきことがらなのだろうか？　それとも、隠して語らず、秘めごととしておくべきなのだろうか？　いったい、身体に備わった「性」について、私たちは何もかも知っておく必要があるのだろうか？　それとも、「性」に関する多すぎる情報は社会風俗を混乱させるので、警戒し、制限を設ける必要があるのだろうか？　いったい、私たちは「性」的なことがらに興味を持つのが良いのだろうか？　それとも、そのような関心があることは、極力公にはしない方が良いのだろうか？　こうした疑問は、続けようと思えば、無限に投げかけることができるだろうが、答えは決して得られないだろう。なぜなら、先にも述べたとおり、「性」のあり方は個人の問題であると同時に社会的なものであり、その拮抗の中で、かろうじて定義されながら、その扱いも評価も常に変化していくからだ。

## 何を「物語」と名付けるか？

私たちが本書で言う「物語」とは、このように「語りにくい」ものを語ってくれるもののことを指している。本書のテーマは「ジェンダー」であるから、もちろん、「物語」の中に読むことの内容や、読むときの姿勢は限定される。「ジェンダー」で「物語」を読む。本書の態度は、極言すれば、そのことに尽きる。

「物語」ということばには、実は、非常に多くのものが含み込まれている。たとえば、日本語で「物語」といえば、『源氏物語』や『平家物語』のようなものもあれば、歌舞伎の「世話物」のようなジャンルを表すこともある。「夢物語」といえば、かなわない空想のことであるし、実在のことではなく、架空のことを描いた小説なども「物語」という範疇に入れることができる。日本語だと同じ「物語」であっても、英語だとたとえばstoryのこともあるだろうし、taleだったり、fableあるいはromanceのこともあるだろう。フランス語にしても、本書で扱うペローの「赤ずきん」はconteだが、一般には「小説」と訳すromanも「物語」だし、何より、「歴史」を意味するhistoireという語は、同時に人の一生や「物語」を意味することばだ。このように、「物語」という日本語の含むものはとても幅広いのだが、本書では、そのすべてを貫いているのは、それが現実のことであれ架空のことであれ、人間が想像したり感じたりすることを「語ろう」とした結果である、と考えている。

私たちが本書で扱う作品は、一般には「童話」と呼ばれるものだったり「小説」と分類されることが多い。それでもあえて「物語」と呼ぶのは、それが、性に関して私たちが「語りにくい」と思っていること、あるいは、わかりにくいと思っていることを「語ってくれる」もの、つまり、読むことのできる形に置き換えてくれるものだ、という認識があるからだ。そのいくつかの例を、ここでは紹介してみよう。

## 「物語」に描かれるさまざまな性の形

「ジェンダー」で「物語」を読む、というのは、実際に取り組んでみると、そう複雑な作業ではないことがわかる。なぜなら、どのような「物語」であっても、そこには必ずと言ってよいほど「人間」が登場し、その「人間」にはもれなく「性」の要素が含まれているからだ。ようするに、気にしているか気にしていないかだけのことであって、気にしさえすれば——つまり、これが「問題」にする、ということだ——あらゆる「物語」のなかから、ジェンダーの要素を取り出して吟味することができる。

### 登場人物たちの「ジェンダー」

私たちが行っているジェンダーと文学を扱う授業（ジェンダー言語文化学演習）では、これから読もうとするひとつひとつの作品について、最初に「この物語のジェンダー構造はどのようになっているか？」という問いをたてる。たとえば「赤ずきん」という物語であれば、「赤ずきんちゃん・お母さん・おばあさん・狼……」というように、すべての登場人物をあげてみて、その性別がどのように記されているか、また、性別によってどのような役割を与えられているか、といったことを書き出してみる。そうすると、今から扱おうとしている「物語」のなかの「ジェンダー」が、かなりクリアに見えてくる。どのような「物語」でもよいので、手近にある本を手に取ってもらい、登場人物たちを書き出して、それぞれの「性」がどのようになっているか確かめてみてほしい。これですでに、「物語」を「ジェンダー」で読む準備が整ったことになるのだ。

ただ、その準備が整ったとは言っても、登場人物たちの「性」のあり方そのものが、単純でわかりやすいというわけではない。たとえばペローの「赤ずきん」については、明らかにフランス語で une petite fille「小さな女の子」と表記されているので、少なくとも、「性別」に関しては疑う余地がない。だが、この物語の中で、彼女が女としてどのようなことを期待されているか、あるいは、女としてどのように振る舞っているか、といったことについては、大いに検討の余地があるため、第二章ではそうした問題についてくわしく掘り下げている。他の物語についても同様のことが言えるのだが、検討の余地があるのは、ジェンダー・ロールの問題であることもあれば、ジェンダー・アイデンティティであったり、性的指向の問題であったりもする。物語の登場人物であるからこそ語ることのできる「ジェンダー」の問題に、私たちは出会うことになるのだ。

## 「あたしの性指向はまだ作り途中だから」

たとえばその一例として、村田沙耶香の『星が吸う水』という小説をとりあげてみよう。この作品には主に、鶴子、梓、志保という三人の女性たちが登場し、彼女たちはそれぞれに、自分の性のあり方や他人との関係について、悩んだり考え込んだりしている。鶴子は、性的な関係を持っている男性、武人に向かって、自分の性をこのように説明する。

「そのうちそういう相手と会うかもしれないし、会わないかもしれないし、わかんないんだ。あたしの性指向はまだ作り途中だから」

「え、何?」

「だから、異性愛か両性愛か、まだ制作中ってこと」

「そっか」

武人はぼんやり天井を見たまま呟いた。

「そういうのって、俺、元からあるものかと思ってたけど。作ってくもんなんだ」

「一生かけて、調べたり、探したりして、作りだしていくものなんじゃないの? 調べもしないで、自分は男にしか勃起しないとか、決め付けたくないんだ。怠慢だと思う」

(村田沙耶香、『星が吸う水』、講談社文庫、74―75頁)


さらに鶴子は、自分はどちらの性別の相手に対しても性愛を感じることがない、と告げる志保について、「志保は鶴子と違って、自分を特殊だと思っているのかもしれない。でも、誰の性の形もそれぞれ特殊なのだから、志保の作ったその無という形の性は、少しもいびつではないと言いたかった」と思う。さらに「けれど、呼吸を止めながらカミングアウトした志保にとって、あっさり笑って鶴子の言葉に頷けるような簡単なことではないのもわかった」と付け加えている（116頁）。鶴子の考える性のあり方とは、誰にとっても「唯一無二の、大切な性の形」（95頁）なのだが、一方で、それがいったん公になれば、なんらかの評価を受けることも、彼女にはよくわかっている。この「物語」が表現する「性」のとらえかたの特徴は、実はこの、「評価する側」への視線にある。鶴子は次のように説明するのだ。

なぜ、わざわざ作ったものを、志保が隠さなくてはならないのか、納得できなかった。とっておきのオーダーメイドのコートを着ているのに、既製品を来ている人に変だと言われているような、奇妙なことに思えた。

作るのをさぼる奴がいるから、こうやって面倒なことになるんだ。やっぱり、既存の概念なんてものは全部なしにしてしまうのが合理的なんだと、誰に向かってなのかわからないが、鶴子のいつもの悪い説教癖がむくむくと腹の底から湧き上がってきた。（116—117頁）

鶴子にとっては、性別や性自認、性的指向といったものは、「今まで三十年近くをかけて成長した肉体と幾度も対話し、小さな変化に耳を傾け、蓄積と放出を繰り返しながら丹念に作り上げてきたもの」（125頁）であり、個人となった瞬間にあらかじめ決定されていたものでもなければ、その後、社会にある既成概念によって意味づけられたりするものでもない。そして、話がここで終わるのであれば、「性」のあり方は、究極的には、そのひと個人の問題であり、個性である、となるのだが、鶴子はそれを「さぼる奴」への批判へとつなげていくのである。「さぼる奴」というのは、先ほどの言い方を使えば、「当たり前を問題にしない」ひとたちのことだろう。「性」のあり方は、とてもていねいに時間をかけて、ひとがそれぞれ自分の身体で感じ取り、作り上げてきたものである。その良し／悪しや正常／異常、多数派／少数派を評価する側のひとたち――大きな「世間一般」とでも言い換えられようか――がいたとして、そのひとたちは果たして、自分の「性」をそれほどきちんと見つめてきたか？という問い直しがここにはある。

さて、これを読んだひとたち（＝あなた）のこころには、どのような感慨が浮かぶだろうか？

### 「自分の問題かなあ」

「性」のさまざまについて語ってくれる「物語」のふたつめの例として、藤野千夜の小説『少年と少女のポルカ』を紹介しよう。この作品の主な登場人物は三人。自分はゲイだと認識しているが、家族にも友人たちにもカミングアウトしていない高校生トシヒコ。彼と同じ男子校に通っているが、自らの性別は女性だとして、ホルモン治療を受けている同級生のヤマダ。県内で一番の女子校に入ったのだが、突然電車に乗れなくなったために学校に通えなくなり、「拒食症」ではないかと噂される、トシヒコの幼なじみ、ミカコである。こうしてみると、高校生である三人が、それぞれに自分とその周辺との間の摩擦や違和感を背負っているだろうことがわかる。たとえばトシヒコの「悩み」については、このように説明される。

トシヒコは昔から男の子のことが好きだった。物心ついた頃からずっとそうだ。けれどもトシヒコはもう自分がホモだということでは悩んではいない。今、トシヒコは十五歳、高校一年生。十三歳のとき、自分がホモだということでは悩まないと決めた。それまでは県立の大きな図書館に通ってはさんざん同性愛に関する専門書を読みあさり、そういった本に記された同性愛者の特徴と自分を比較して一喜一憂してもいたのだったが、ある日そのうちの一冊に、「同性愛者の特徴の一つとして、同性愛関係の書物をたくさん読んでいるということが挙げられます」という内容の記述を見つけ、それ以来なんだか馬鹿馬鹿しくなって悩むことをやめてしまったのだった。真剣な悩みを茶化《ちゃか》されたような気がしたし、それにみんな同じことをしているのだったら何も悩む必要はないような気もした。

（藤野千夜、『少年と少女のポルカ』、講談社文庫、11―12頁）

ここではなんだかふざけたように、あるいは、なんだか達観したように、トシヒコの「悩み」が書かれているが、冷静に考えてみれば、十五歳の高校一年生にとって、ことがそう簡単であるわけがない。トシヒコは「悩まないと決めた」だけであって、その「悩み」が解消されたわけではないのである。男子校に進学したトシヒコは、片想いの相手「リョウ」と同じ高校に通うことになり、とても高揚感のある毎日を送っている、ように描かれている。そのリョウに声を掛けられ、手伝いを頼まれたことで舞い上がり、近しい友人になれたことで幸せな気分になっている、ように描かれている。その調子はユーモラスだし、トシヒコの態度はごく自然な感じを与えるように描かれているので、そこには本当に「真剣な悩み」がないような錯覚さえ起こしてしまう。だが、「ホモだということでは悩まないホモになると決めてから徐々に日記帳をさぼるように」（12頁）なったトシヒコが、リョウとことばを交わすようになってから、改めて日記帳を取り出すという、最後の幕切れは示唆的だ。

十六歳、リョウと友だちになった。
とだけ書いた。でももうそれだけでは嬉しくないのだとトシヒコは思った。それくらいのことはもう十分にわかっていた。（119頁）

「悩まない」と決めたトシヒコに、あらたな形の「悩み」が登場したことをうかがわせるこの箇所は、同時に、彼にとっての「悩み」は実のところ、まったく解消されていなかったのであり、彼自身がそれを「十分にわかっていた」ことを告げている。そして、彼にとっての「悩み」はどのようにすれば解消されるのか？　この物語のなかに、答えは用意されていない。

自分の性別は「女性」だと考えているヤマダにとって、事情はじゃっかん異なっている。トシヒコとは違い、ヤマダは自分の性自認も性的指向もカミングアウトしている。それが原因で、同級生にはさんざんにからかわれるし、町に出れば不良にからまれてケガをさせられたりもしている。それでもヤマダはホルモン治療をやめないし、性自認を隠そうとしたりもしない。むしろ、「男子校」にスカートをはいて登校するという暴挙にまで出て、周囲に波風を立てている。ヤマダは、あえてそのような行動に出ることの理由を、トシヒコにこう説明する。

「スカート、取り敢えず平気だったみたいだな」

「うん」

「よかったな」

「うん」

それからトシヒコは、べつに知りたくもなかったけれど、急に学校にスカートを穿いて来る気になった理由をヤマダに訊いた。ヤマダはうーん、としばらく唸《うな》ってから、自分の問題かなあ、と自信なさげに言った。

「自分の問題？」

「だって穿かない理由がないんだもん、よく考えてみたら。穿いて来ちゃいけない理由じゃなくて、学校で穿かない理由。だから自分の問題。わかる？」

「わかるわけない」

「あ、そう」（87―88頁）

ここでヤマダの言う「自分の問題」とは何を指しているのだろう？　ヤマダにとっては、「スカートを穿いて学校に来る」という行為のことなのだろうが、そこにはさらに数々のことが含まれているはずである。自分の性別を女性だと認識すること、それを隠すのではなく、そのままに表すのだということ、それ以外にもいろいろあることがらを、「それは自分で決めること」と決断する過程を経なければ、最終的に「スカートを穿いて学校に来る」という行為にはつながらない。それをヤマダは「自分の問題」とひとことで表現するが、これはひとりひとりが自分の性のさまざまな側面について、それは「自分の問題」と考える姿勢につながっている。鶴子のたとえを使って表現するなら、「さぼらない奴」ということか。ヤマダのこの「自分の問題」という発言を、トシヒコは「わかるわけない」と一蹴するが、そのあとで、「さっきヤマダの言った自分の問題というのは、ちょうど何年か前に、もう男を好きだということでは悩まないと決めた自分と同じようなものだろうかと少しだけ考えて」（91頁）みたりするのだ。

では、三人のなかで、ひとりだけ女子校に通うミカコの場合の「問題」とは何だろうか。ミカコの場合には、自分の性別に違和感を持っている様子もないし、性的指向に悩んでいるわけでもないらしい。普通に「県内で一番難しい女子校」（24頁）に入り、普通の女子高校生になるはずだったのが、突然電車に乗れなくなってしまったのである。その様子を、トシヒコの母は、このように話す。

「本屋のミカコちゃん、電車に乗れなくなっちゃったんだってねえ、先月かな、突然電車の中で吐いたって、それからまったくダメなんだってさ、そんなことあるんかしらね、いろいろお医者さまに診《み》てもらったっていうけど、結局わからなくて、あれよね、ココロの病っていうの、シンケイショウ？　そういうの、勉強しすぎだったんじゃないかしら、あの子、まあいろいろ難しい年頃だし、すぐによくなるといいんだけどね、ってみんな言ってるところ」（24頁）

ここだけを読めば、ミカコの問題は「性」とは関係ないように見えるかもしれないが、注意すべき点がひとつある。それは、ミカコの「問題」は、彼女の口を通じては、一度も語られないということだ。幼なじみのトシヒコは、ミカコに頼まれて、一緒に電車に乗る練習に付き合ってやる。その後も、町で顔を合わせたときには励ましたりもするし、ヤマダの話をしてみたりもする。だが、ミカコはなぜ電車に乗れないのか、なぜ彼女がやせ細っていくのかについては、自ら決して語ることはない。彼女はヤマダに会ってみたいと言う。だが、なぜそうなのかは話さない。「本屋のミカコちゃん」のことは、いつも町の話題として、噂話として母親の口から説明される。

本屋のミカコちゃん、ガリガリに痩せちゃったの知っている？と母親に言われ、トシヒコは前と同じように少しだけ胸の痛む気がした。キョショクショウだとかセイジュクキョヒだとかニュウインだとか、母親からはそんな聞いたふうな言葉がつづき、またみんなで心配してるのか、とトシヒコは吐き捨てるように言った。（116頁）

ここでトシヒコが吐き捨てる「みんなで心配」ということばは、ヤマダの使う「自分の問題」という表現と、はっきりと対をなしている。この物語に描かれたミカコの「問題」は、だから、「自分の問題として語れない」ことを通じて表現されている、と考えることもできるだろう。男子校に通い、自分の性自認や性的指向を問題視し、悩んでいるトシヒコとヤマダについては、それを「自分の問題」として表現するスタイルがとられている一方で、女性であるミカコのそれは、他人の目と口を通じて、単なる噂話として、読者に伝えられるにすぎない。であれば、この物語のなかで、ミカコを通じて表現されている「ジェンダー」の問題のひとつは、一人称で語ることのできる男子校のふたりと、三人称でしか語られない女性、という形をとっているのだ、と解釈することもできるのだ。

## ひとめぼれのジェンダー

最後に少し方向性を変えて、「恋愛もの」について考えてみよう。「物語」に登場する「女と男」と言えば、即座に思いつくのが「恋愛小説」というジャンルだろう。もちろん、「女と女」「男と男」の間に生じる恋愛の物語を描いた作品もたくさんあるが、ここでは、もっとも「ベタ」な恋愛ものの典型として、男女間の「ひとめぼれ」の場面を取り上げてみたい。まずは、ふたつの小説からの抜粋を並べてみよう。①と②を比べてみてほしい。

①　そのとき突然、幻影があらわれたかのようだった。
その女性は、ベンチの中ほどに、ただひとり掛けていた。というより、彼女の目に射られたような気がしたとき、フレデリックはただもうまぶしくて、だれの姿も目にはいらなかったのだ。そばを通ると、彼女はふと顔を上げた。思わず彼は身をすくめた。同じ側の少し先まで行ってから、やっと彼女のほうを見た。

大きな麦藁《むぎわら》帽子をかぶっている。帽子についたピンクのリボンが風に吹かれて、背にそよいでいる。まんなかから分けた髪が、長い眉のはしを流れて肩先まで垂れ、たまご形の細おもてを愛撫《あいぶ》するようにはさんでいる。明るい水玉模様のモスリンのドレスがたっぷり襞《ひだ》をきざんで裾《すそ》をひろげている。なにか刺繍《ししゅう》を手にしていた。まっすぐな鼻すじ、顎《あご》、そして彼女の全身が、青空を背景に浮き出ていた。

② そのときだった。なおもホームにあふれている無彩色の集団の中で、淡い桜色の何かが僕の目をひいた。もう一度見直すと、それは、ひとりの若い女のひとのカーディガンだった。白い開襟《かいきん》ブラウスの上に春にふさわしい色のロングカーディガンをはおって、オフホワイトのすとんとしたスカートをはいている。だが、僕がはっと胸を突かれたのは、うつむきかげんのその横顔を見たときだった。それほどに、そのひとの横顔はあまりにも清冽《せいれつ》で、あたりをはらうような凛《りん》としたたたずまいに満ちていたのだ。

さて、どうだろうか？　注意深く読んでみると、はっきりとした共通点を、いくつかあげることができるだろう。まずは、どちらも「見ている側」が男性であり、「見られている側」が女性であることだ。そして、その女性は未知のひとであり、この時点ではまだ名前が与えられていない。神秘的であり、運命的である。相手のことをなにひとつ知らないのに、そのひとだけが、多くの人間の中から浮かび上がって目の前に現れること、それこそが「ひとめぼれ」の本質であるのだと、ふたつの物語は伝えてくる。奇妙な共通点はまだまだある。彼女は「ピンク色」「桜色」をまとっており、彼女だけが「色彩」をはなっていることだ。そして、それを見る男は胸を打たれたように、彼女を「見る」。いや、単に「見る」だけではなく、「凝視する」と言ってよい。なぜなら、彼は、彼女がまとっている衣装をつぶさに描写できるのだし、彼女の顔かたち、醸し出す雰囲気などを、驚くことに、ほんの一瞬の間に把握してしまっているからだ。じっと見つめる男の視線は、まるで、見られている女を貫くかのようである。

ここで種明かしをしておこう。①は、十九世紀フランスの男性作家フローベールの代表作『感情教育』(山田𣝣訳、河出文庫、上巻、10—11頁)からの抜粋で、②は現代日本の女性作家、村山由佳の『天使の卵』(集英社文庫、9頁)から引用したものである。これほどに、時代も場所も、また書き手の性別も異なるのに、「ひとめぼれ」の場面に多くの共通点を見出せることに、私たちは驚きもするし、ある種の感銘を受けるかもしれない。だが、冷静になって考えるとき、ここにもまた、男女が関係する際の、決まり事のようなもの=ジェンダーが存在することに気が付いてしまうのも事実である。「見る側」は男性で、「見られる側」にいるのは女性。見られている女性は、「女らしい」装いに身を包んでおり、男性にこれほど凝視されていても、それに気が付く様子もない。惚れられて価値を増す美しい女性という、反復される描写の精髄が、この箇所には見出されるのだ。

では、次のふたつはどうだろう。③と④を、先ほどの①②とも比べてみてほしい。

③　私はできあがった弁当を彼に渡す時、調理場の人が見ていないのを確認してから「サービスです」

と言って小さな漬物パックを素早くビニール袋に入れた。創路功二郎はにっこり笑い「ありがとう」と言った。可愛いね、と言われた時は平気だったのに、その「ありがとう」に私は耳まで真っ赤になっていくのを感じた。

自分が弁当屋の店員を舞い上がらせたのを知ってか知らずか、創路功二郎は「またね」と言うとビニール袋を楽しげにぶらぶらさせ、犬を引き連れて商店街を歩きだした。私はカウンターに乗り出すようにして、彼の背中が人込みにまぎれて消えるまで未練たらしく見送っていた。

④

男は、また、という風に、手を振って歩き出したのだが、『間島昭史』は、その背中に、もう一度、お辞儀をした。その人が見ていたときより、深い、丁寧なお辞儀を。そして、ゆっくり顔を上げた彼は、自分の絵に向き直り、絵に触れた。そっと。遠くからでも分かった。それは、彼の細い身体《からだ》に似つかわしくない、がっしりとした指だった。白い絵の具が、ついた、指だった。

私は、その姿を見て、あ、と声をあげた。あかん。胸をつかれた。

なんてことのない、些細《ささい》な動作だった。

でも、私はその一連の動作を見て、彼が、自分にとってかけがえのない人間になるだろうと思った。分かった。

さて、こちらはどうだろうか。明らかに異なる特徴をあげるために、女性が男性に「ひとめぼれ」をするシーンを選んでみた。③も④も、現代日本の女性作家の小説からの抜粋である。③は山本文緒の『恋愛中毒』(角川文庫、40—41頁)の一節で、④は西加奈子の『白いしるし』(新潮文庫、25頁)からの引用である。こちらにも、男性が女性にひとめぼれするのと同様の、奇妙な共通点を指摘できるだろうか？　男性と女性という性別を交換すれば、どちらにも使えそうな場面になっているだろうか？　そもそも、女性が男性にひとめぼれする場面が(言い換えれば、女性が男性を選んで凝視する場面が)、描かれるようになったのはいつ頃からなのだろうか？　考えてみたいことはたくさんある。考えてみてほしい。恋をする、という現象には、いつもジェンダーがつきまとう。そのことも考えに入れながら。

## 「書く」行為とジェンダー

第一章の最後に、大きく角度を変えて、「物語」に書かれている内容ではなく、「物語」を書く側のジェンダーについて考えてみたい。先ほど「物語」の登場人物にはもれなく「性」があるのだから、ジェンダーの視点を持って読むことは、そう複雑な行為ではないと述べたが、「書き手」についても同様のことが言えるだろうか。「物語」は、特に、古い年代に書かれたものである場合には、作者が不詳であることもめずらしくないだろう。また、いわゆる「作者」の名前が明らかにされていたとしても、その「名前」を持つ人物が誰なのかについては、特定が難しい場合もある。たとえば、ある作品がペンネームのもとに執筆され、発表されていた場合、実際に書いたひとがひとりなのか、あるいは複数なのかといったことさえ、よくわからないことだってあるだろう。

### 「ジョルジュ・サンド」というケース

ではここで、具体的にひとりの作家のケースを取り上げ、そこに見られるジェンダーについて考察してみよう。そのケースとは、フランス十九世紀の女性作家ジョルジュ・サンドである。ジョルジュ・サンドはGeorge Sandとつづるが、これは、作家の本名ではない。彼女の結婚前の名はオロール・デュパン（正式にはAmantine-Aurore-Lucile Dupin）といい、後に、デュドゥヴァン（Dudevant）氏と結婚して、その姓が使われるようになる。さらに、筆名である「ジョルジュ」は、フランス語では一般的には男性名であって、女性に付けられることはない。つまり、「ジョルジュ・サンド」という作家は、名前からは男性が想定されるが、実際には中身は女性であって、さらに、その筆名の中に、彼女の本名を思わせる要素はひとつも含まれていない、ということになる。

ではいったい、この作家は誰なのだ？　実は、この問いは、一八三二年に最初の作品『アンディヤナ』*Indiana*が出版された際に、パリの読者たちの頭に浮かんだのと、まったく同じものである。『アンディヤナ』は読者を熱狂させ、ベストセラー小説になるのだが、一般の読み手も批評家たちも、出版当初は作者を男性と信じて疑わなかった。その後、「ジョルジュ」の中身が「女性」であることがわかると、批評家たちは手のひらを返したように、その評価を下げるのだが、サンドが「売れる」作品を書く作家だという事実は変えようもない。こうして、ジョルジュ・サンドは一八三二年から、一八七六年に七十四歳でその生涯を終えるまで、全部で百を超える小説や戯曲、自伝的作品を途切れなく発表し続けたのである。

このケースから、書き手のジェンダーについて、どのような問題点を指摘することができるだろうか。ひとつ目に、彼女はなぜ本名で作品を発表しなかったのか、という疑問について考えてみよう。そもそも、十九世紀のフランスにあって、女性が進んで文章を書くことや、それを発表することは、好意的に受けとめられることではなかった。当時は、男女の棲み分けが今よりもっと厳格で、「公的」な場所と役割は男性に、「私的」なものは女性に割り振られていた。男性は政治や軍事、経済活動などを担い、女性は主に家庭にあって、子を産み育てることを期待されていたのである。こうした状況にあって、書物の表紙に名前が載ること（これは、まさしく「公」になることである）など、女性に期待されるわけがない。名が人目にさらされることは「名誉」ではなく、むしろ「恥辱」と受け取られることが多かったのである。ジョルジュ・サンド自身にも、夫の家族から、「デュドゥヴァンの名が本の上に印刷されるといった不名誉は許さない」と言われた経験があるのだが、ならば、彼女はそのような圧力に負けて、別の名（「サンド」）を選んだのだろうか。作家が残した自伝や書簡などからわかるのは、実は、そうした事情ではない。彼女はむしろ、デュドゥヴァン（夫の名）やデュパン（父の名）から解放されて、サンド（第三の、自分自身の名）を持てたことに誇りを感じていたように思われる。当時のジェンダー規範に照らして言えば、女性は名を公にすることに関して、強い制約を受けていたことは間違いがない。ジョルジュ・サンドはその事態を逆手に取ることで、自らの名を自ら作り、ジェンダーバランスを微妙に守った上で、逆転させたと考えることもできるのではないか。

次に、批評家たちの、女性作家に対する態度について考えてみよう。『アンディヤナ』が発表されたとき、「ジョルジュ」が男性（少なくとも、女性がひとりで書いたのではない）であると信じていた批評家たちは、才能ある新人作家の登場に、万雷の拍手を送ったのである。しかし、実は女性であることがわかるや、その褒め言葉は一瞬にして罵倒に転じることになった。続く作品についても、同じような状況が生じる。女性のセクシュアリティについて、深く踏み込んで描いた『レリア』などは、今でこそ、非常に複雑かつジェンダー的な問題に富んだ小説とみなされているが、当初からそのような評価を受けてきたわけではない。女性について書いた女性の作品であるからこそ、サンドが世に出した小説は多くの読者を得てきたのだとも言えようが、一方で、「女性が書いた」ものであるからという理由で貶められてきたこともまた事実である。サンドはよく「毀誉褒貶《きよほうへん》の多い作家」と言われるが、それは作品についての評価というよりは、「女性」であることが問題の核心になることが多い。

では、なぜ男性の批評家たちは、女性の作家を認めようとしないのか。それは、そもそも、「文壇」という世界が、きわめて男性的な場所であるからだろう。特に、十九世紀のフランスのように、男女の役割分担が明瞭に分けられている社会では、当然のことだが、男女に対して同じ教育環境が与えられることがない。男子は学校教育や高度な学問を修得する機会があるが、女子は文字が読めればよいほうで、社会的には上の階級（王族・貴族・資産家など）に属していたとしても、通り一遍の花嫁教育がほどこされていたに過ぎない。このような事情は、明治時代から第二次世界大戦終了時までの日本においても同じようなもので、それを考えに入れれば、このような環境に生まれ育った女性たちが、そもそも、「作家」などになれる可能性など、ほとんどなかったと結論付けるほうが妥当であろう。この中に、まれに、例外的に高度な教育を受け、物を書ける（しかも、男性作家の地位をおびやかすような上質の作品を）者が紛れ込んでしまったらどうだろうか。男性筆名を持って文壇の門をすり抜けた「ジョルジュ・サンド」は、まさに、この「紛れ込んだ者」だったと言えないか。

## 「ジェンダー」や「性」を通して「物語」を考える

このようにして考えてみると、古今東西、物語の書き手はほとんどが男性であって、女性は極めてまれな存在であったことがわかるだろう。確かに、『源氏物語』の書き手は、紫式部という女性であっただろうが、この作品の存在をもって、日本の「物語」分野が女性優位の場であったと結論付けることはできない。いわゆる「文学史」というものをひもといてみれば、どの国、あるいはどの語圏のものであっても、名の載る作家のほとんどが男性なのは明らかなのだ。

実のところ、このようなこと（文壇が男性優位の場所である、や、文学史に名が載る作家のほとんどが男性である、といったこと）を「ジェンダー」の問題として考えるようになったのは、ごく最近のことである。一九七〇年前後に活発になった「**第二波フェミニズム運動**」の流れの中で、いわゆる「**フェミニズム批評**」や「**ジェンダー批評**」といった、文学作品を考える新しい方法が表れるようになるのだが、それまでは、文学と性別が関係づけられること自体が、めずらしいことであった。

この頃から、女性の研究者たちが、これまで書かれてきた文学作品（「物語」と言い換えてもよい）を、女性の視点から読み直す作業を始める。まずは、男性作家によって書かれてきた物語が、いかに男性偏重であるかを明らかにする作業。次には、男性によって書かれた女性の人物造形が、いかに実際の女性たちとかけ離れているかという検証。さらには、これまで不当に評価されてきたが、真に価値のある女性作家たちの掘り起こし、あるいは、再評価といった試みもある。このような活動の末にようやく、ジョルジュ・サンドのような、「文学史的」には、きわめて低い評価を受けてきた（「ジョルジュ・サンド」は、四十四年間途切れなく作品を発表し続けた作家なので、いちおう、「文学史」に名前は載るのだが、そのわりには「悪口」が書かれていることが多い）女性作家の作品が読み直され、検討され、評価し直されるようになったのである。

さらに、一九八〇年代以降、「ジェンダー」ということばが、現在使われているような「性」のあり方を広く扱うものとして使われるようになると、書き手や物語に含み込まれる「性」の要素を、さらに深く幅広く考える視線が養われるようになってきた。たとえば先ほど引用したような「ひとめぼれ」のシーンに関するジェンダー分析などは、「性」が社会的な構築物であるという考え方なしでは、とうてい思いつかなかったテーマだろう。同時に、そうした問題に取り組む側の性別も女性に限らなくなってきたし、注目する内容も女性の問題に限らなくなってきた。たとえば、ある作家の「女性表象」に関する研究だけでなく、「男性表象」や「男らしさ」の研究へと、視点が広がっていくというような動きである。

「性」についての考え方は、時代によっても文化によっても、また、その担い手の立ち位置によっても、大きく変化していくものだと言えるだろう。加えて、「物語」は、そのような背景からの影響を受けながら、

## 第一章
## 「物語」とジェンダーの関係

人間のさまざまな営みを、写し取ったり、想像したり、掘り下げたり、批判しようとしたりするものである。そう考えると、「物語」を「ジェンダー」を通して考えてみようという本書の試みは、とても大きな流れの中の、一地点の営みにすぎない。だが、小さなものが大きな歴史を作ってきたことは見逃されてはならないし、小さなものの、小さな営みには大きな枠組みが反映せずにはすまされない。そういうことを頭に置きながら、「物語」のいくつかに取り組んでみよう。

# 第二章
# 「赤ずきんちゃん」たちとの対話

ここからは、いろいろな「物語」を、実際に「ジェンダー」を使って読み込み、さまざまに考えをめぐらせていきたい。最初に取り上げるのは、「赤ずきんちゃん」をめぐる物語である。

## 1　あなたの知っている「赤ずきんちゃん」は？

とは言っても、実は、「赤ずきんちゃん」をめぐる「物語」は一通りではない。まずは、あなたの知っている赤ずきんちゃんがどのようなものであるか、チェックしてみてほしい。（QにAかBで回答）

### 「赤ずきんちゃん」クイズ

**Q1**　あなたの知っている「赤ずきんちゃん」は何歳？

A　七歳前後　　B　十五歳前後

**Q2**　「赤ずきんちゃん」がおばあさんに持っていく手土産は？

A　お菓子とワイン　　B　ガレットとバター壺

Q3　「赤ずきんちゃん」はお母さんから「寄り道しちゃダメよ」と言われた？

A　言われた　　B　言われていない

Q4　「赤ずきんちゃん」に話しかける狼は？

A　四足歩行　　B　二足歩行

Q5　「赤ずきんちゃん」は、おばあさんの家に行く前に何をした？

A　おばあさんのために花をつんだ

B　花をつんだり、蝶を追いかけたりした

Q6　狼は、おばあさんの家に、どのようにして入った？

A　扉を押して入った　　B　かんぬきを外して入った

Q7　「赤ずきんちゃん」は、おばあさんの寝床に入るときにどのような姿だった？

A　そのまま　　B　服を脱いだ

**Q8**　「赤ずきんちゃん」は、おばあさんの何に驚いた？

A　腕・足・耳・目・歯　　B　耳・目・手・口

**Q9**　物語に狩人は現れる？

A　現れる　　B　現れない

**Q10**　「赤ずきんちゃん」とおばあさんは食べられた後、どうなる？

A　助け出される　　B　そのまま

Q10でAと答えたひとは、**Q11**と**Q12**へ

**Q11**　助けられたおばあさんは、どのような様子だった？

A　ぴんぴんしていた　　B　ひん死の状態だった

**Q12**　「赤ずきんちゃん」が助け出された後、狼はどうなる？

A　お腹に石をつめられる　　B　屋根から落ちて鍋でおぼれる

## グリムかペローか

さて、回答の結果はどうだったろうか？　ここで簡単に種明かしをしてしまうと、Q１からQ10までの質問に対して、Aはグリム、Bはペローが書いた「赤ずきん」の特徴と思われるものをまとめて答えたものだ。私たちがよく知っている「赤ずきん」の物語は、女の子（赤いずきんを身に付けているので「赤ずきんちゃん」と呼ばれる）が、お母さんに言われて、森の中に住んでいるおばあさんに見舞いの品を届けに行くが、途中で出会った狼が先回りしておばあさんを食べてしまい、その後やってきた赤ずきんちゃんも食べられてしまう、というもの、であろうか？　いやいや、おばあさんも赤ずきんちゃんも、いったんは食べられてしまうが、その後、狩人に助け出されて無事に生還する、というお話しだろうか？

### ペロー版　赤ずきん

「赤ずきん」は、もともとは、フランスをはじめ、ヨーロッパ各地で語り継がれていた物語であったものを、十七世紀フランスの宮廷文人シャルル・ペローが、最初に文字として書きとめたと考えられている（一六九七年に『過ぎし日の物語ならびに教訓』として発表）。そのため、ペロー以前には、口伝えに語られてきた多くの「類話」があったことがわかっているし、ペローが書きとめた際には、そうした口承の物語を参考にしながら、目的と意図にかなった改変を加えたことも明らかになっている。また、狼に食べられてしまう（あるいは、食べられそうになる）女の子の話に出てくる主人公に、「赤いずきん」を被らせたのは、ペローが最初だろうということが、だんだんと確実になってきている。

実は、ペローが参考にしたとされる物語では、女の子がおばあさんの家に行ってみると、そこには狼が待っていて、亡くなったおばあさんの血と肉を与えて食べさせようとするシーンがあるのだが、この描写はペローが書きとめた物語には登場しない。代わりに、ペローの「赤ずきん」の物語には、〈教訓〉というものが付いていて、そこには「美しく、見目麗《みめうるわ》しく、可愛らしげな娘さんたちが　相手かまわず耳を貸すのは大まちがい　狼に食べられてしまう娘さんが、たんといるのも　そりゃ不思議でもなんでもないのです」（『いま読む　ペロー「昔話」』、工藤庸子訳、羽鳥書店、二〇一三年、28頁）などと書かれている。また、「ベッドの脇までついてくる」狼とは、つまりは、言葉巧みに娘の部屋に入り込んでくる男のことを指しているのに間違いがなく、ペローが与えようとした教訓は、そうした男たちの甘言に乗るのではない（乗ってしまうと「食べられてしまう」）というものであろう。ルイ十四世に仕えた宮廷文人のペローは、読者となる宮廷に集う王族や貴族のお嬢様たちにふさわしく、おばあさんの血肉を喰う場面は省き、教訓を付け加えることで、物語のテーマを大きく軌道修正したのだと考えることができる。

### グリム版　赤ずきん

一方のグリム童話は、ドイツの文人ヤーコプとヴィルヘルムのグリム兄弟によって収集されたもので、時代もペローと比べて百年以上後のことである（『子どもと家庭のための童話』は一八一二年の刊行）。グリム兄弟はともに熱心かつ優れた研究者で、民間伝承の収集・刊行だけでなく、言語学や民俗学、歴史学、文学などの分野で大きな功績を残している。彼らがまとめた『子どもと家庭のための童話』（これが、いわゆる『グリム童話』と呼ばれるもの）は、ドイツに古くから伝わっている物語（「ヘンゼルとグレーテル」や「白雪姫」など）を書きとめたもので、その数はゆうに二百を超える。その点、ペローが宮廷で楽しまれるための物語を十数編（「長靴をはいた猫」や「眠れる森の美女」など）まとめて刊行したのとは、目的も事情もかなり異なっていることがわかるだろう。

グリム兄弟が集録に際して、ペローの「赤ずきん」を参照したことは間違いがないが、ここにもまた、大きな変更が施されている。なかでも結末の違いは大きく、ペロー版では、おばあさんのみならず、赤ずきんちゃんも食べられていなくなってしまうのに対し、グリム版では狩人が登場してふたりを助けるのだが、その後に、おばあさんと赤ずきんちゃんが団結して狼を撃退し「赤ずきんは、いそいそと、うちへ帰って行きました。もちろん、だれにもどうもされなかったのです」（完訳『グリム童話集』1、金田鬼一訳、岩波文庫、274頁）と締めくくられる、別バージョンまでついている。

## 2　「赤ずきん」のジェンダー構造

先に述べたとおり、「赤ずきん」の類話は非常に多く、それぞれに異なる特徴があるのだが、ここでは特に、ペローとグリムの「赤ずきん」に限って、そこに見られるジェンダーのあり方を掘り下げて考えてみよう。

まずは、ペローとグリムの「赤ずきん」の登場人物をすべて書き出し、名前・性別・職業・行動・役割などを整理してみたい。この作業は、私たちが「ジェンダー言語文化学演習」という授業のなかで必ず行うもので、これがヒントとなって「物語」に含まれる「ジェンダー」の問題が見えやすくなるという利点がある。実際に、授業内で行ったグループディスカッションの内容をもとに作成したのが、次の一覧表である。

## 女性登場人物たち

さて、登場人物の一覧表を見て、どのようなことに気が付くだろうか? まずは、「男」と「女」に分けて考えてみよう。ペロー版とグリム版とを比べたときに、一見して明らかなのは、「男」に分類されるものの数と役割の違いだろう。

### 女三代の物語

一方で、「女」に分類される「赤ずきんちゃん」、「お母さん」、「おばあさん」という三人については、どちらの版にも共通している。これは言い換えれば、「赤ずきん」は、そのタイトルが表しているとおり、「赤ずきんちゃん」という少女を中心とした「母」「祖母」という三世代の「女」の「物語」である、ということだ。ペロー版においても、グリム版においても、赤ずきんは大変かわいい女の子であると描写され、家庭内では大事にされ、とくにおばあさんには溺愛されているらしいことがわかる。

「赤ずきん」の登場人物とジェンダーの構造

<table>
<tr><th></th><th>ペロー版</th><th>グリム版</th></tr>
<tr><td>赤ずきんちゃん（女）</td><td>「だれも見たことがないほど可愛らしい女の子」／お母さんに言われておばあさんを見舞いに行く／狼に食べられる</td><td>「小さな愛くるしい女の子」／お母さんに言われておばあさんを見舞いに行く／狼に食べられるが助けられる</td></tr>
<tr><td>お母さん（女）</td><td>赤ずきんちゃんに夢中／家で家事をしている／赤ずきんちゃんをおばあさんのところに行かせる</td><td>家で家事をしている／赤ずきんちゃんに忠告を与えておばあさんのところに行かせる</td></tr>
<tr><td>おばあさん（女）</td><td>赤ずきんちゃんを溺愛／赤いずきんを作ってあげる／別の村で一人暮らし／体調不良／狼に食べられる</td><td>赤ずきんちゃんを溺愛／赤いずきんを作ってあげる／別の村で一人暮らし／体調不良／狼に食べられるが助けられる</td></tr>
<tr><td rowspan="2">狼（男）</td><td rowspan="2">道行く赤ずきんちゃんに声をかける／おばあさんと赤ずきんちゃんを食べる</td><td>道行く赤ずきんちゃんに声をかける／おばあさんと赤ずきんちゃんを食べる／狩人に腹を切られる</td></tr>
<tr><td>道行く赤ずきんちゃんに声をかける／おばあさんの家に到着するも入れてもらえず／屋根から落ちる</td></tr>
<tr><td>狩人（男）</td><td></td><td>おばあさんの家で寝ている狼を見つける／狼の腹を切り裂き、おばあさんと赤ずきんちゃんを助ける</td></tr>
</table>

と、ここで気になるのは、さて、「お父さん」はいるのか?ということだろうか。「赤ずきん」のような民間伝承の物語の場合、生活の知恵や人生訓などを示そうとする明確な意図を持っていることが多いので、それに関わらない人物や事項などは、たいていは省略されてしまい、表舞台に出てくることがない。それゆえ、赤ずきんちゃんにお父さんがいるかいないかは、実際のところよくわからないのだが、はっきりしているのは、この物語が、女三代の関係とあり方とをベースに成立しているということだ。

では、三人の女性の関係はどうなっているだろうか。まず気になるのは、孫世代にあたる赤ずきんちゃんとお母さんは共に生活しているらしいが、おばあさんは森の向こうにある「べつの村」(ペロー版、24頁)、あるいは「村から三十分ぐらいかかる森のなか」(グリム版、268頁)に住んでいるという点である。つまり、この三世代は同居家族ではないということだ。この点についてはもちろん、同居する家族の形態やその文化的差異などについて考察を深めることも可能だが、ここでは、彼女たちがみな「女」であることと、「物語」のなかで行っていること、あるいは求められていること(まとめて言えば「ジェンダー」)について、この構造(お母さんが赤ずきんちゃんを、おばあさんの元に送り出す)が、どのように機能しているか、ということに注目して考えてみよう。そうした視点を持ってみると、実は、ペロー版とグリム版には大きな違いがあって、そのことは、ふたつの(同じモチーフを扱っているはずの)「物語」に与えられた教訓が、まったく異なっていることに由来するのだということがわかってくる。

## 何を教訓とするのか?

まず、前提として気を付けておかねばならないのは、この物語が、家にいる「お母さん」が、離れた場所に住む「おばあさん」のところへ、「娘」を送り出す構造を持っている、ということである。その道筋についての解釈は、赤ずきんちゃんを待っている試練とその結末を考えれば、おのずと導き出されるに違いない。

ここで、ふたつの物語の違いが活きてくる。ペロー版に注目すると、お母さんは赤ずきんちゃんを送り出すとき、おばあさんの「様子を見にいっておいで。なんだか体の具合がよくないそうだから」(24頁)としか言わない。一方で、グリム版のお母さんは非常に口うるさく、台詞が多くて長い、というのが、授業に参加していた学生たちの意見の一致するところだった。おばあさんへの見舞いの品の説明に始まり、「暑くならないうちに」行けだの、「おてんばをしないで歩く」ように求めたり、「おばあさまのおへやへはいったら、お早うございますって言うのを忘れちゃいけない」などと、くどくどしい(267—268頁)。ただ、これに対する赤ずきんちゃんの反応は、どちらの版においても似たり寄ったりで、彼女たちは道草を食ったり、遊んだりしながら、そして、最大のミステイクとして「狼」に行先を教えたりしながら、おばあさんの家にたどりつく。結果として、先回りした狼はすでにおばあさんを食べてしまった後で、赤ずきんちゃんもまた、その餌食になってしまう。

ここまでのところだけを解釈して、なぜ、赤ずきんちゃんが狼の餌食になってしまうのかを考えてみよう。ペロー版の場合、赤ずきんちゃん最大のミステイク(狼に声をかけられてそれに答えたこと)が、彼女が食べられてしまう結果へと直結していると考えられるのだが、これはペローが最後に付した「教訓」に照らせば、

「相手かまわず耳を貸すのは大まちがい」という教えを守らなかったための悲劇（とはいえ、自業自得とも言える）ということになるだろうか。また、彼女が食べられてしまい、二度とこの世には戻れないという事態を解釈して、受講学生たちは、次のような読みを提案している。いわく、一度、下心のある男性の甘言に乗ってしまえば、性的な純潔を取り戻すことはできない、と。それは、身体的にはどうであれ、社会的には復帰の道が閉ざされるのだという、暗に込められた、さらに厳格な「教訓」へとつながっていく。

一方、グリム版においては、ペロー版とは異なり、赤ずきんちゃんがあらかじめ、母親からいくつもの忠告を受けていることが重要だろう。もし、彼女がお母さんの言いつけをよく理解し、忠実に遂行していたらどうだっただろうか？　もしかすると、狼の誘いに乗ったりせずに、無事におばあさんに届け物ができたかもしれない。であるならば、彼女の最大のミステイクは、狼に声をかけられる以前に起こっていたと解釈することも可能だろう。つまり、この物語の教訓は、なれなれしく声を掛けてくる男の誘いにうかうかと乗ってはいけないということではなくて、お母さんの言いつけをよく理解し、守りなさいということではないか、と問うことができるのである。学生たちは、ふたつの版の教訓の違いを端的に、ペローは「男のひとに気を付けろ」、グリムを「母の言うことを聞きなさい」であるとまとめた。その証拠に、グリム版の「赤ずきん」はこのように結ばれる。「それから、赤ずきんは、『おかあさんがいけないとおっしゃるのに、じぶんひとりで森のわきみちへはいりこむようなことは、しょうがい二度とふたたびやるまい』とかんがえました。」（273頁）

## 男性登場人物たち

では、そのうえで、最後の決定的などんでん返しはどう理解すればよいだろうか。ペロー版の赤ずきんちゃんは、食べられてしまってそのままだが、グリム版では、狩人に助けられて生還するか、そもそも食べられることすらない。この違いの本質を明らかにするためには、当然、助けてくれるひととして登場する、男性登場人物について考えをめぐらせる必要があるだろう。

### 「男」としての「狼」

そこでまず「狼」である。ペロー版では、「狼」が登場時から「狼のおじさん」として紹介されている。これは、原文にあるフランス語 compère le loup を翻訳したもので、compère は古風な表現で「だんな！」という呼びかけや「代父」を表し、le loup は「狼」のことである。これを訳して「狼のおじさん」とするのは道理で、つまり、もともとの表現が「狼」だけではなくて、そこにすでに「男」、さらにはかなり年長（年配）の男のニュアンスが含まれているのである。グリム版での登場は、「例の狼」という形がとられ、昔話などにもよく出てきて「わるいことばかりするけだもの」であるとの説明が加えられる（268頁）。また、赤ずきんちゃんがおばあさんと力を合わせて撃退する方のバージョンでは、「狼」は「ごましおあたまのおじい」（274頁）と表現されている。ここでも、ペロー版と同様に、かなり年配の、くたびれた男を思わせる言葉づかいがされていることがわかる。

では、この「狼」たちは何を狙っているのだろうか。ペロー版では「狼はこの子を食べたくてたまらなかった」(24頁)とあっさり説明されているが、グリム版では「わかくって、やわらかい、こいつ、脂肪がのっていて、うまいぞ」と、舌なめずりをし、「ぱっくりやっちまう算段」をしようと考える(269頁)。この箇所から、「うまい」「ぱっくりやる」あるいは「食べたい」という表現に、女性に対して性的な欲望を感じ、実際の行為によってそれを果たす、という比喩的な意味を読みとるかどうかは、もちろん、読者の判断にゆだねられてはいる。だが、ペロー版の場合、赤ずきんちゃんは、おばあさん宅で、「寝床」に入って待っている「狼」のところへ、「服をぬいで」入っていく(26頁)のであり、決定的なのは、ペロー自身の「教訓」に「うら若いお嬢さまたちの後をつけ　家の中まで、ベッドの脇までついてくる　さあ、これぞ一大事!」(28頁)と記されていることだろう。これをまさか、「人肉を喰う」行為とは思わないわけで、そこには、若い女性のこころと身体をつけ狙い、あわよくば「食べて」やろうという気概がみえみえである。ゆえに「食べたい」という表現は、男の「欲望」、それも、「食欲」の名を借りた「性欲」であろうとの解釈が引き出されるのである。

**「狼」は「男」でなければならないか?**

一方のグリム版の場合、「狼」は森のなかで悪いことばかりする「けだもの」だと考えられていて、赤ずきんちゃんに出会った際には、ほんとうにおいしそうだと感じているようにも読める。また、おばあさんの家で待っているときに、グリム版の赤ずきんちゃんは服を脱いだりせず、ただ、おばあさんの様子を確かめるだけである。ここから、ペロー版の場合と同様に、男性側からの一方的な性的な欲望と、その犠牲になる女性という構造を読みとることは可能ではあるが、「教訓」の性質からして、むしろもっと単純に、お母さんの言いつけに従わなければ、悪いけだものにつかまったり、悪さをされたりするかもしれないという警告を感じとることもできる。授業に参加していた学生たちもこの違いには敏感で、ペロー版での「食べる」というのは性的な意味で純潔を奪うことであり、そこからの回復は見込めないのに対し、グリム版の「狼」は、ただ食欲を満たすために「食べたい」だけであり、そこには必ずしも「処女喪失」の危険が含まれているわけではない、と読むのである。その延長で、このような意見もあった。ペロー版では、「狼」は「男」でなければならないが、グリム版の「狼」は、なぜ「女」であってはいけないのだろうか。いや、「女の狼」であっても、物語に破たんは起こらないのではないか?という問いかけである。確かに、この物語が、お母さんの言いつけに従わなかった子どもが、森で狼に食べられてしまうという話だとすれば、狼が「オス」である必要はなく、「メス」だってかまわない。さらにいえば、「赤ずきんちゃん」は「赤ずきんくん」だってかまわない、ということだ。ジェンダーで物語を読むと、このような視点を引き出すこともできるのだ。

## 「狩人」の役割

「赤ずきん」のジェンダー構造を考えるにあたっての最後に、ふたつの版の間に大きな違いを生み出している「狩人」について考えてみよう。ペロー版にも、実は、「森には木こりが何人もいましたから」(24頁)という記述があるので、他にもひとがいることはわかっているのだが、ここでは「狼」の警戒の対象であるというだけで、実際に誰かが出てくるというわけではない。それとは異なり、グリム版の場合には、おばあさん宅を通りかかった「狩人」が、満腹して眠ってしまった「狼」のいびきを聞いて異変を察知し、腹を開いて赤ずきんちゃんとおばあさんを助け出してやる。まさしく、困ったときに、みごと苦境から救い出してくれる「ヒーロー」の登場というわけだ。ここでのジェンダー的な人物配置はお手本とでも言うべきもので、弱く、受け身で、苦境に陥ってしまう女性たちに対し、強く、頭の良い男性が、彼女たちを保護し、敵を倒す。

この項の冒頭で、「赤ずきん」に「お父さん」はいるのだろうか?という問いかけをしたが、物語中に実際の父親は現れなかったとしても、少なくともグリム版には「父的」存在としての「狩人」がいると考えることはできるだろう。学生たちの解釈も「狩人は女の子を守ってくれる存在であり、それは、父または夫のような保護者としての位置を占めることもあるだろうし、救い手としてのヒーローでもある」という点で共通していた。

そのうえで、さらに重要な指摘として、次のような意見があったことを付け加えておきたい。それは、「食べる」(襲う)のも男なら、「救う」のも男、というものである。もちろん、グリム版の「狼」を「メス」と想定することは可能だが、ペロー版はもちろん、グリム版の一般的な理解として「狼」を「オス・男」ととらえるならば、この構図は成立する。「食べる」のと「救う」のとでは、赤ずきんちゃんやおばあさんという女性にとっての意味合いはまるで違うが、その担い手となる側のジェンダーは固定されていて、それはいつだって男性なのである。つまり、「食べる」「救う」という主体的・能動的にことを起こすのは「男性側」

の領分であり、「食べられる」「救われる」という依存的・受動的にことが起こるのを待っているのが「女性側」の領分である、というジェンダー的分別を、ここにはっきりと指摘することができるのだ。

## 「男」と「男」の間の距離

そしてもう一度、ペロー版では救い手である「狩人」が現れず、グリム版にはさっそうと登場する理由について考えてみよう。そのひとつの回答としてあげられるのが、「食べる」男と「救う」男の分別という視点が、ペロー版にはなく、グリム版にはある、というものだ。ではなぜ、グリム版にだけ、この視点があるのだろうか。

これがグリム版に顕著であることについては、歴史的な視点を組み入れてみれば、割と簡単に説明がつく。第一章で説明したような、社会における男女の棲み分けがあからさまになり、厳格な役割分担が課されるようになったのが、まさしく、グリムが活躍した十九世紀ごろのことである（この事象は、多少時期は前後するがフランスでも変わらない。日本の場合は明治時代に入ってから）。そのような社会では、男は公的／能動的な場所を活動領域とし、女は私的／受動的なところを受け持つように要請される。また、家庭内においては、「父」「母」「子」という核家族的発想と、そうした枠組みのなかでの役割固定も進むので、父はいわゆる「父権」を担い、母は「家庭の中の天使」となって、献身的に犠牲をはらうことが期待される。子は父と母に支配され、保護される対象であるから、グリム版のおかあさんがあれほど口うるさいのも、納得がいくだろう。

こうした理想的モデルとしての「家族」があるならば、その外側に、それとは価値観を共有しない人や物が存在することが想定される。その存在を表現しているのが、「赤ずきん」においては「狼」だということになろう。であるから、グリム版「赤ずきん」においては、男は二分され、「社会・家庭における理想的な職業人／父親」としての「狩人」と、「社会規範の枠外のアウトロー」としての「狼」といった構図が明確にあらわれる。ここには、近代社会の持つジェンダー規範とともに、家父長的社会の価値観が、色濃く反映しているとも読めるのだ。

## 3　挿絵に導かれて読む

ここからは少し視線の方向を変えて、「赤ずきん」とその挿絵について考察してみよう。すでに説明したとおり、「赤ずきん」はもともと口承の物語であった。そのイメージと言えば、次の（図1）のように、おばあさんが子どもたちに炉ばたで語りかける、というようなものであったと想像してみてほしい。さらに、これらの物語が書き記されていく際には、理解を助けるために、あるいは、単なる装飾として挿絵がほどこされていることが多かった。ペローの時代から続く「赤ずきんもの」には、したがって、表象としての赤ずきんちゃんや狼たちが、さまざまな姿で登場し、その時代・その場所において、この物語がどのように受け入れられ、イメージされていたかを、私たちによく伝えてくれる。

## 赤ずきんちゃんは何歳か？

では、挿絵をながめたときに気が付くことを、いくつかのポイントに整理してみよう。まずは、赤ずきんちゃんの年齢から。この章の冒頭に示した「赤ずきんちゃん」クイズの第一問は、「あなたの知っている『赤ずきんちゃん』は何歳？　A　七歳前後　B　十五歳前後」というものであったが、さて、みなさんはどのように回答されただろうか。おそらく、何をたずねられているのかわからない、と思われた方もあっただろうが、その困惑は、次の（図２）（図３）（図４）を見ていただければ、ある程度は解消するかもしれない。

このみっつの挿絵には、それぞれの赤ずきんちゃんがいるのだが、さて、何歳に見えるだろうか？　授業時に学生たちは、ペロー版とグリム版では赤ずきんちゃんの年齢が違うことの重要性を強調していたのだが、その理由は、ペロー版の彼女は「男に気を付けなければならない」年齢、つまり初潮を経て婚姻年齢に達する頃（十五歳

図１

前後）であるはずだし、グリム版の赤ずきんは「お母さんの言いつけを守る」年齢、つまりは、学齢期の入り口あたり（七歳くらい）だと想定したからである。物語の教訓と、それに当てはまる人物像とを、年齢という点から考察すれば妥当な結果だと言えるだろうか。実際に、数ある「赤ずきん」の挿絵を見てみると、読み取られる年齢にかなり幅があることがわかる。（図2）は、ペローの時代の版本の挿絵だが、この赤ずきんを七歳だとは思わないだろう。一方で、（図4）はお母さんに見送られる赤ずきんで、こちらは反対に十五歳には見えない。

　だがもちろん、例外はある。実は、「赤ずきん」の挿絵で最も有名と言っても過言ではないのが、（図5）と（図6）なのだが、この赤ずきんちゃんは何歳に見えるだろうか？

図2

図4

図3

これはいずれも、ギュスターヴ・ドレというフランスの挿絵画家によるもので、一八六二年にエッツェル社から出版されたペロー童話集に収められている。ドレは「赤ずきん」に三枚の挿絵を描いており、そのうちの二枚がこれなのだが、いずれの赤ずきんちゃんも、(図2)に比べればずっと子どもっぽく見えるし、被っているものも「ずきん」というよりは、おしゃれなベレー帽という具合で、森を通り抜けて行くよりはむしろ、町にでも繰り出したい雰囲気をたたえている。この、おそろしくモダンで、同時に、何とも言えぬ「色香」のようなものをたたえた少女／赤ずきんちゃんは、年齢的にはグリム版の教訓が対象にしそうなものだが、同時に、ペロー版の「狼（男）に気を付けて！」という警告を、思わず口にしてしまいそうな姿をしている。このことを説明して、私市保彦は『「赤ずきん」のフォークロア─誕生とイニシエーションをめぐる謎』（私市保彦・今井美恵著、新曜社、二〇一三年）の中で、ブルーノ・ベッテルハイムの説（『昔話の魔力』）を引きながら、次のように述べている。

図5

図6

このようにドレ＝エッツェルは、ペローの教訓にそって、狼を若い娘を甘言でさそう危険な異性として描いているのであるが、それは思春期の娘や親が感じ取ればよい。子どもの読み方はガレットがどうなったかに集中したり、その他のことに目が向くかも知れない。ペロー童話は子どもにも大人にも読めるようになっているのだという、エッツェルの考えが読みとれるといってもよい。（46―47頁）

ここに示されているのは、同じペロー版／グリム版であっても、そこに付された「挿絵」という手段によって、解釈であったり、教訓であったりを、かなり自在に変えられるという事実であり、それを担っていたのが、編集者や挿絵画家であったということである。したがって、ペローの物語の赤ずきんちゃんが幼女に見えたり、グリム版の狼が二足歩行のおじさんとして描かれていることも大いにありえるわけだ。また、こうした出版に携わるひとびとが、同時代のものの考え方やジェンダー観から自由であるわけではない。であるなら、この二枚の挿絵は、一八六二年当時のフランスで「赤ずきん」にどのようなメッセージが込められていたか、また、それを作り手（エッツェルは、当時のフランスで、児童向け図書の出版に大いに尽力した人物である）がどのように伝えたかったかを、後世の読者である私たちに語りかけることになる。そして同時に――こちらの方がより注目すべきかもしれないが――、私たちは、こうした当時の意図とは異なるものを、挿絵の中に読み取ってしまうこともある。たとえば、（図5）（図6）の小さな子どもらしく描かれた赤ずきんちゃんを見ながら、男の性欲の対象となる「女」というメッセージも同時に受け取ったとするならば、そこに、全く違った種類の解釈の芽がうまれてきたりしないだろうか。このとき、私たちは、私たち自身が生きている社会のものの考え方やジェンダー観に、強く影響を受けている。「解釈」とはこのようなものだと考えてよい。

## 赤ずきんちゃんのサイズ感

次に、赤ずきんちゃんが、どのような大きさで描かれているかに注目してみよう。もちろん、どこに、どのようにして印刷されたかによって実寸に違いはあるだろうから、ここでは、同一の絵や本のなかで、他の物と比べたときに、どのような「サイズ感」を発揮しているかに注目してみたい。まずは、次の（図7）（図8）（図9）（図10）をながめてみてほしい。

こうしてみると、赤ずきんちゃんと狼のサイズ比が、ずいぶん違うことがわかるだろう。（図7）と（図8）の赤ずきんちゃんは、そう年齢が変わらないように見えるが、狼の大きさを見ると、（図7）の方がかなり大きい。（図8）は、狼というよりは、犬かキ

図7

図8

ツネに話しかけているように見える。（図9）や（図10）になると、狼は四足ではなく、二足歩行になっていて、衣服まで身に着けている。こうなると、人間の男を表現していることになるので、当然ながら、赤ずきんちゃんとの年齢差は大きく見えるし、サイズ感もかなり威圧的になる。このように、「赤ずきん」に添えられた挿絵（というより、こちらの方がメインになり「絵本」になっているケースも多い）を見ると、赤ずきんちゃんと狼という、たった二人のキャラクターながら、それぞれに与えられた役割や解釈、また、二人の関係性のようなものが、いろいろな形で表現されうるのだということがわかってくる。

　たとえば、狼が下心ありそうに赤ずきんちゃんに回り込む（図5）や（図7）だったりすると、狼の大きさは、少女を怯えさせる野性的な力のようなものを表現することになるだろう。また、二足歩行になり、人間の男性を表現している（図9）や（図10）のような挿絵になると、動物的な獰猛さに加えて、別種の強さや狡猾さのようなものが加わってくる。これを授業中に検討していた学生たちは、「多くの赤ずきんは小柄に描かれていて、狼の方

図9

図10

が大きい。このことは、男性に身体的・社会的な力があって、女性には抵抗できないことを示している」という見解を与えていた。そしてまた、次のようにも敷衍《ふえん》する。「挿絵には、画家の持つ時代背景が強く反映し、ジェンダーに関するステレオタイプが出やすい。読者もまた、それを期待している」と。

## 「赤ずきん」のバリエーション

この節の最後に、「赤ずきん」のさまざまなバリエーションについて紹介してみたい。実は、「赤ずきん」には、無限とも言うべき数の「類話」(＝バリエーション)を生み出し続ける何かが備わっているようで、すでに紹介した伝承民話のようなものもあれば、現代にも作り続けられている、まったく違った物語を持つものもある。すでにグリム版の「赤ずきん」からして、おばあさんと赤ずきんちゃんが無事に生還する物語の後に、「また、こういうお話しもあります」(273頁)として、狩人の助けも借りずに狼をやっつける、勇ましい別バージョンが載っている。これをジェンダー的に説明するなら、前者には「強くて助けてくれる男性と弱くて助けられる女性」との対比が見られるのであるが、後者であれば「女性には自分で生き延びる知恵が備わっており、それは、おばあさんから孫娘へと脈々と受け継がれる。自立した女性には、男性の助けは必ずしも必要ではない」という見方を誘発するため、このふたつが並べられていることによる効果はいっそう大きくなる。

このように「赤ずきん」のなかに、「〜する」(能動的・主体となる)狼/狩人に対して、「〜される」(受動的・客体となる）赤ずきんちゃん／おばあさんという、男女のステレオタイプを読み取り、それを転倒させてやろうと試みる例は多いようで、たとえば、（図11）（図12）のようなものをどう受け止めるだろうか。

（図11）は、マリー・コルモンというフランスの作家が一九五二年に出版したもので（挿絵はオランダの画家ミューラーによる）、見ての通り、赤ずきんちゃん（らしき少女）が狼をてなずけてしまう。（図12）は、エリーセ・ファーゲルリ（文・絵ともに。ノルウェー、一九九五年）による『オオカミみたいにおなかがすいた少女』という作品で、これも見ての通り、赤ずきんちゃん（らしき少女）が、逆に狼を食べてしまっている。いずれも、ペロー版ともグリム版とも、物語そのものはまったく違ってしまっているのだが、挿絵や登場人物から、なぜだか読者はそこに「赤ずきん」を感じ取ってしまう。このような、いわゆる「赤ずきんも

図 11

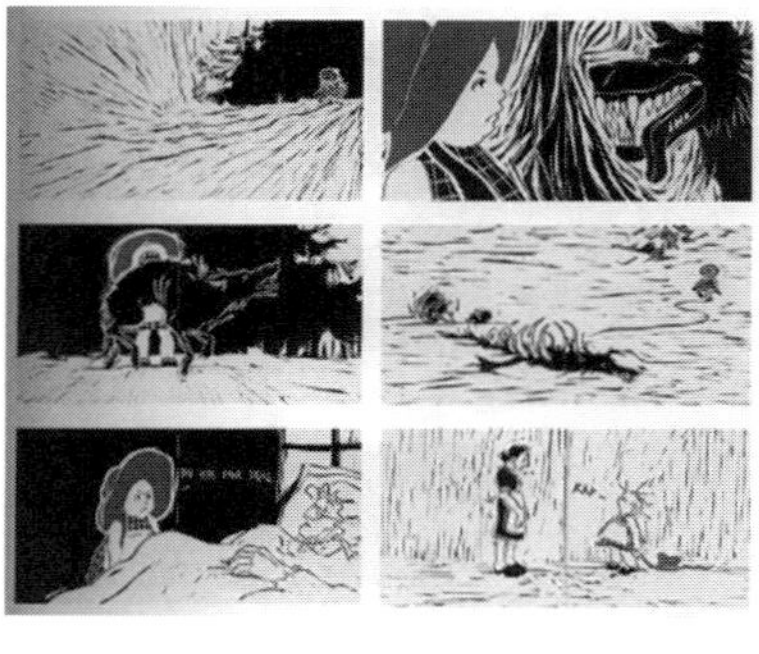

図 12

の」は、類話を含めて枚挙にいとまがなく、それを集めて検討した研究書も出版されている。挿絵の多様さとともに、ぜひ、いろいろと読み、味わっていただきたい。

## 4 「赤ずきん」をめぐる考察のいろいろ

この章の最後に、「赤ずきん」をめぐる考察の結果を、いくつか紹介してみたい。ここまで述べてきたように「赤ずきん」には類話が非常に多く、元は口承だったものが書きとめられることによって姿を変え、ヨーロッパの各地に広がっていったことがわかっている。また、そこから日本をはじめとして、世界中にその物語は伝えられているし、さらには、さまざまに改変を加えた新しい「赤ずきんもの」が、今も書き進められているかもしれない。

### 「赤ずきん」に関する研究

「赤ずきん」の物語に関する研究もまた、多種多様に試みられ、その成果が発表されている。代表的な例をあげれば、口承の物語を自ら採集し、分類したポール・ドラリュの研究は重要で、『フランスの昔話』は日本語にも翻訳され、紹介されている。精神分析的視角を取り入れたものとしては、エーリッヒ・フロムの『夢の精神分析』や、ブルーノ・ベッテルハイムの『昔話の魔力』、カール＝ハインツ・マレ『〈子供〉の発見』、岩波現代文庫に収められている河合隼雄の『昔話と現代』は、その表紙に赤ずきんちゃんらしい少女が見える。民俗学的視点に加え、歴史的、とくに社会史的視点から民話や童話を扱った研究としては、ロバート・ダントンの『猫の大虐殺』、アラン・ダンダスの『「赤ずきん」の秘密』、ジャック・ザイプスの『おとぎ話の社会史』や『赤頭巾ちゃんは森を抜けて』などがある。最近の文献で言えば、すでに紹介した『「赤ずきん」のフォークロア』には、これまで「赤ずきん」がどのように解釈されてきたかという道筋が簡潔に紹介されているほか、最新の研究成果も収められている。岡光一浩による『【文学講義】大人が読む「赤ずきん」』には、まさに、「赤ずきん」を文学として「解釈」しようとする試みが満載で、私たちのような読み方をするものにとって、大変貴重な参考書となる。

これらはもちろん、あまたある研究成果のうちの、ほんの一部にすぎない。ジェンダー言語文化学演習という授業では、ここ数年ずっと「赤ずきん」を扱っているのだが、その中で、受講学生は必ず一冊（あるいは一篇）以上の「赤ずきん」に関する研究書や論文を読み、要約したり、授業内でその内容を紹介しなければならないことになっている。そこで扱われた文献の一部を巻末で紹介しているが、これでもまだすべてを網羅しきれているわけではないのだ（それほどに赤ずきんちゃんは魅力的なのであり、研究はまだまだ続けられ、増えていくに違いない）。

こうした事情から、本書においてすべての「赤ずきん」作品を網羅し、それに関する研究や考察の可能性をあますところなく検討することはできない。そこで私たちは、これらの先行研究を参考にしつつ、ペロー版とグリム版の「赤ずきん」のみを題材とし、「赤」と「女」という二点にテーマを絞って考察を加えることを試みた。ここからは、授業とその後の「赤ずきん勉強会」でのディスカッションを経てつかみとった成果を記してみたい。

## 「赤」をめぐる物語

「赤ずきん」の「赤」という色について探究することは、この物語を考えるうえで、どのくらい重要、あるいは有効なことなのだろうか。先に書名をあげた「赤ずきん」の研究を参考にすると、「女の子」「おばあさん」「狼」をセットとする伝承民話は数多くあるのだが、その子に「赤い」「ずきん（被り物）」の要素が含まれている例は、およそ、ペローを発端としていることがわかる。ということは、この物語の原型は、あくまでも「お母さんに送り出される女の子」「おばあさんの家」「狼」「食べられる（食べられないものもある）」といった要素が成しているものであって、必ずしも、女の子は「赤い」「被り物」をしている必要はない、ということになる。であるから、伝承民話としてのこの物語の中に「赤」と女の子を結び付けて読むことは、合理的な根拠を持たない場合も多くなろう。

とは言え、グリムがペロー童話を参照したことはわかっているし、現代日本における赤ずきんちゃんの知名度からも推測できるとおり、ペロー／グリム後の「赤ずきんもの」には、「赤い」「ずきん（被り物）」が必要不可欠なアイテムとして存在することもまた事実であろう（中には *Le Chaperon vert*『緑ずきん』といったバリエーションも存在するが、これは *Le Chaperon rouge*『赤ずきん』があってこそ成り立つものである)。そのため、ペローとグリムの「赤ずきん」を検討しようとする私たちは、女の子と「赤い被り物」が結び付けて考えられないケースもあることを了解しながら、このふたつの「赤ずきんもの」から「解釈」として導き出せる「赤」の意義を探ることになる。

**「赤」は何の色か?**

はじめに、「赤」は何を表す色なのか?という問いを立ててみたい。「赤」という色彩には、古来、さまざまな意味合いが与えられ、その性質は文化によっても時代によっても変化しながら今に至っているに違いない。たとえば、私たちの大学がある「奈良」に付けられる枕詞に「青丹《あおに》よし」というものがあるが、ここに含まれる「丹」という字は、神社の鳥居や柱などの彩色に用いられることのある「丹色=朱色(つまり、一種の赤色)」のことを指していると考えられる。「丹」は、もともとは、水銀と硫黄の化合したものや鉛を含んだ、赤色の顔料を作るための土のことで、ここから取り出された「赤色」もまた、この名前で呼ばれる。もちろん、鳥居を彩るのに「丹」が選ばれたのは偶然ではなく、そもそもこの赤土が不老不死の薬と信じられていたこともあるし、また、この色が魔除け(そのため「結界」にあたる鳥居にこの色を付ける)の役割を果たすとも考えられていたのである。

もうひとつの例として、手元にあるフランスの『シンボル事典』を開いて、〈Rouge「赤」〉の項目を見てみよう。氷河期の人類が残した壁画にはすでに赤の痕跡があり、それは「血」と「生命」の「熱」を表現していたとある。

また、「赤」は「太陽」や「火」など、生命や大地の根源的な力をイメージする色として用いられていたことも重要だろう。続いてキリスト教的な文脈に目を向ければ、「赤」はキリストの「血」の色であり、使徒たちの師キリストへの愛を表すものだとされる。だが同時に、罪ある女性たちが身につける服装も赤色をしており(ホーソンの『緋文字』は、不義の子を産んだ女の胸に、それとわかるようにつける「赤い」Aの文字の物語である)、さらには、「赤」は煉獄の色にも結び付けられる、と説明される。また、「赤」が一般的にどのような色と考えられているかについて、この事典には、「愛」や「生命力」を表すものであると同時に、「禁止」や「危険」を示す色(「赤信号」のように)だとも述べられている。

つまり、これだけの例をとってみても、「赤」には非常に多くの意味合いが、古くから与えられては取り去られ、また、与えられ……ということが繰り返されてきたことがわかるだろう。「赤」は一概にポジティブな色だとも言えないだろうし、一方的にネガティブなものとも言えない。だが、なにがしか力の源になるようなニュアンス、たとえば「太陽」「火」「血」「熱」「生命」「愛」といったものと結びつきやすく、そこに危険を読みとったときに、「禁止」や「警告」などの方向へと意味が移動していくのだと考えることもできるだろうか。

### 「女」の色としての「赤」

では、「赤」は「女」あるいは「女の子」の色なのだろうか? 「赤」と「女」という性、さらには伝承民話というジャンルを結びつけて考えるとき、最初に頭に浮かびやすいもののひとつが「女の血＝経血・

出産時の出血」というものだろう。「赤ずきん」の場合、ちょうど初潮を迎える時期の「女の子」に対して「男に気を付けろ」というメッセージを送っていると考えるなら、この「赤いずきん」はシンボルとしての「女性の血」（初めて経験する経血＝初潮）を表すことになるだろう。

この説はおそらく、エーリッヒ・フロムが『夢の精神分析』（外山大作訳、東京創元社、一九五三年）で説いて聞かせた「赤ずきん」の象徴的意味に由来するもので、授業中に「赤ずきん文献」として、この書物を紹介してくれる学生が、必ず毎年数人はいる。この説によると赤いずきんは「月経の象徴」であって、物語の中で経験される一連の冒険は、小さな少女が初潮を経て「女」になり「性の問題に当面する」ことと解釈される（２４６頁）。だが、ここでもまた注意しておかねばならないのだが、フロムが扱っているのは、グリム版の「赤ずきん」であって、ペロー版のものではないということだ。フロムは解釈を続けて「道草を食わないように」という忠告を「処女を失わないようにとの警告」だと説明するのだが（２４６頁）、これまで私たちが加えてきた考察からすると、この読み方はむしろ、ペローの赤ずきんちゃんにこそふさわしいと言えるかもしれない。

授業後の「赤ずきん勉強会」で学生たちが指摘してくれたことのなかに、「赤」は「熟成」をあらわし、野菜や果物が熟れて「美味しそう」と思わせる色に通じるのではないか、というものがあった。その線で考えてみると、熟れて赤くなり、食べごろになるものはけっこう多い。たとえばトマト、たとえばイチゴ、たとえばスモモ……など。さらには、「赤」が食欲を増進させる色彩だ、との指摘もあった。つまり、赤ずきんちゃんが身に着ける「赤」というカラーは、性的に成熟し「女の子」から「女」への変わり目、あるいは、すでに変わったことを示す印であり、それは、果実や野菜が色づいて「食べごろですよ」と伝えるのと同じような機能を果たしているのではないか、という読み方である。

## 「赤」を着て何をするのか?

「赤」に関するこのような解釈を経て考えてみると、赤ずきんちゃんは「赤い被り物」をしていたために、その女性性と成熟とを強調しすぎて失敗してしまったかのようにも見える。つまり、彼女が「赤ずきん」を被っていなかったら、もしかしたら人目に(狼の目に)ふれず、無事におばあさんのところまでたどりつけたかもしれない、という仮定ができないこともない。ただし、すでに述べたように、「赤ずきん」の原型になった伝承民話の女の子たちは、実際に「赤い被り物」をしていたわけではないので、同じような教訓は「赤」がなくとも有効であることは間違いない。それでもなお、わざわざ「赤」を身につけさせられていることに対して、ことさら注意の目を向ければ、より深い考察が手に入れられるかもしれない。

ここでがぜん気になってくるのが、赤ずきんちゃんは何ゆえに「赤」を身につけることになったのか、というその事情である。ペロー版では、おばあさんが女の子に「赤いずきん」を作ってやって、「それがあんまり似合うものですから、どこへ行っても赤頭巾ちゃんと呼ばれるようになりました」(24頁)とある。グリム版でも事情はほとんど同じで、「赤いずきん」をあげたのはおばあさんで、それが大変よく似合っていたのに加え、女の子は「それからはもうほかのものはかぶらなくなったので、みんながこの子のことを、赤ずきん、赤ずきん、とばかりいうようになった」(267頁)とされている。こうしてみると、「赤」

を身につけるようになった理由は、いずれの場合もおばあさんにある。少女の「可愛らしさ」（ペロー版）や「愛くるしさ」（グリム版）に夢中になり、彼女を溺愛した祖母は、孫娘に「女」の「成熟」の証である「赤」を与えた、という構図になろうか。

さらに付け加えてみたいのは、「赤」はほんとうに「女の子」らしい色なのだろうか？という問いかけである。この問題提起も、授業後の「赤ずきん勉強会」で提出されたものなのだが、ここにはなかなか示唆的な視点が含み込まれている。現代日本において、最高に「女の子らしい色」として「赤」は支持されるかどうか？「赤」よりは「ピンク」の方がそれらしいとは言えないか？「赤」は先ほども述べたとおり、強く根源的な力のニュアンスを持っており、それだからこそ、危険な兆候を帯びることもある。加えて「成熟」の意味も読み取るならば、それは、幼い「女の子」にではなく、すでに男の視線を真正面から受け止めることのできる「女」の色ではないだろうか。では果たして、おばあさんはそのことを意識していたのかどうか？さらに言えば、赤ずきんちゃん自身が、そのことをわかっていたのかどうか？金山愛子は論文「『赤ずきん』類話の比較考察」（敬和学園大学、『人文社会科学研究所年報』（三）、「特集1：知っているようで知らない世界のお話し」、41―54頁、二〇〇五年）のなかで、「赤は人目につき、男（狼）をおびき寄せてしまう挑発的な色と解釈したい」（45頁）と述べる。可愛らしさを誇り、周囲からも認められる赤ずきんちゃんという少女は、わざと人目にたつ色を好んで身につけることで、年齢の枠組みを逸脱した「女」の領域へと踏み出してしまったのだろうか。

## 「女」の何を伝える「物語」なのか？

これまでの考察をふまえたうえで、続いては、「赤ずきん」は「女」の何を伝える「物語」なのか？という問いかけをしてみたいと思う。この章のはじめにジェンダー構造を検討した際、「赤ずきん」は女三代（祖母・母・娘）の物語であることを確認したが、この三人の「女」を題材として、何が伝えられようとしているのかというのが、ここでの考察ポイントである。

### 「～される」女

先ほど、赤ずきんちゃんは、ことさら「赤」を強調することで「女」を過剰に演出してしまったのではないか、という指摘をしたが、ここにはさらに考察すべき点が残されている。それは、彼女が「意図して」（すなわち「能動的」に）行ったのか、それとも、無邪気に「赤」を身にまとった結果、良からぬ運命が待っていたということなのか、という問題である。

これについては「赤ずきん勉強会」でも、いろいろな考察が加えられた。ひとつは、意図せず狼の目に留まり、お話までしてしまって、結果、不運を招く彼女について、そこには、女の子は思慮の浅い愚かな存在だという軽蔑の視線が見出されるのだが、同時に、そうして「ちょっとおバカ」な方が可愛く、「男ウケ」が良いというメッセージも込められている（A）※というものであった。この「愚かだけど、男にとってはその方が良い（可愛い、愛する対象として好ましい）」というのは、ベッテルハイム（『昔話の魔力』）

の説を引きながら「誘惑に弱いから（男に）愛される」という説明をしてくれた、他の受講学生（B）の意見とも重なり、響きあってくるだろう。

ここに見出すべきは、男性から女性に向けられる視線の二重性とでも呼ぶべきものであろうか。基本的な態度として、うかうかと誘いに乗ってしまう少女（思慮が浅く、成熟していない）を愚か者として見下げる視線があるのだが、一方で、そうして愚かであるからこそ愛情や保護の対象になりうる、という全く逆方向の視線が同時に存在しているのではないか、ということである。これは、先に指摘した「食べる（襲う）」のも男、「救う」のも男、という構図とも通じるところがあるのだが、結局のところ、少女のあり方は常に一方的に受け身であって、男性側の視線によって意味づけが変わることはあっても、自ら自身を演出する余地は与えられていない。「食べられる」「助けられる」といった実際の行動においてはもちろんそうだが、「愚かだ」とか「愛されうる」といった、いわゆる「評価」の領域においても、女は男に「～される」存在であるということだろうか。そのことを「女ひとりではどうにもならない」（C）と表現する受講学生がいたが、まさに、ジェンダー構造の問題が、ここには深く埋め込まれていると言えるだろう。

※ここから後、「「勉強会」で出された個人の意見については、発言者を（A）のようにアルファベット一文字で表している。「勉強会」の構成については、巻末に紹介している。

## 「〜する」女？

ではもう一方の、「能動的」に活動した可能性はないのか？という点に関する検討に移ろう。ペローの「赤ずきん」を読むとき、いつも何となく気になるのが使いに出された赤ずきんちゃんの行動で、彼女は「あそびながら」道を行くのである（25頁）。これをどのように解釈するかについては、さまざまあるだろうが、ひとつの読み方として、「すべきではないこと（つまり規範に反していること）をしている」というのも有効ではないだろうか。ペローの場合は、結果として狼に食べられるという悲劇を招くのだから、女としてすべきではなかったことを行ったために、女として重要な部分に損傷を受けた（そして、回復は不可能）、ということになろうか。これは、見方を変えれば、能動的に「あそぶ」という選択をすれば、罰として「狼に食べられる」のだという警告ともとれるだろう。

さらにもう少し、深読みを続けてみよう。ペローは物語の後の「教訓」において、「相手かまわず耳を貸すのは大まちがい」（28頁）と言うのだが、では、若い娘はどうすればいいのか、という示唆は与えない。これを受講学生のひとりは「狼が危ないことはわかりました。では先に攻撃をしかけるべきだったのか、耳を貸さずに無視をして、その先はいったいどうすべきなのか？」という疑問へと結びつける。これは言い換えれば、赤ずきんちゃん（若い娘）には、自ら選んで行動する可能性が開かれているのだろうか？という問いかけだろう。そして、この学生は次のように結ぶ。「ペローが教えてくれなかったのは、彼もまた男だったからでしょうか。能動的な女は恐ろしいのでしょうか？」（D）と。

## 女性の成長と世代交代

では最後に、祖母・母・娘の物語としての「赤ずきん」の読解を提案してみよう。この視点から「赤ずきん」を読むとき、ぜひとも参考にしたいのが、先にも少しふれた、ポール・ドラリュが採取した「赤ずきんもの」のなかの「ブズー」という狼男が登場する一篇である。これはペローによって書きとめられる前の、口承民話としての原型をよく留めているものとして、多くの研究書で参照されているので、ぜひ、全体を読んでみてほしい。ペローがこの話を知っていて「赤ずきん」に生かしたことはわかっているのだが、ふたつの物語の間には、かなり大きな違いがある。そのひとつが、女の子を待つ間の狼の行動で、「狼男はおばあさんの家について、おばあさんを殺し、肉を箱のなかにいれ、血をいれた瓶を戸棚の上に置く」（私市保彦訳による。『「赤ずきん」のフォークロア』、70頁）。そのうえで女の子が訪れるのを待ち、やってきた彼女に箱の中の肉を食べさせ、瓶に入ったワイン（＝おばあさんの血）を飲ませるのである。もうひとつの違いは、最後に女の子が見事に逃げおおせる点である。彼女は狼男の計略に気が付き、「用を足しにお外に出たい」（72頁）と申し出て、そのまま家まで走って逃げてしまうのだ。

こうして比べてみると、ペロー版ともグリム版ともかなり違っているのがわかるが、この話には、とても明快なモチーフが使われ、それがおそらく「赤ずきんもの」の含むメッセージのひとつだろうと想定することができる。そのモチーフとは、おばあさんの「肉」と「血」であり、メッセージとは、女性性の継承と世代交代というものである。実は、別の類話には、渡されたものがおばあさんの肉と血だとわかった女の子が、食べたり飲んだりすることを拒否するというバージョンもあるのだが、その意味するところは大きく変わらない。いずれの場合にも、おばあさんの「肉」と「血」(いずれも「赤」=女を連想させる)が失われ、孫娘の身体の中にそれが移されようとすることで、「女」から「女」への継承が表現されているのである。さらに、狼男の策略に気が付いた少女が、機転を利かせて窮地を脱し、家に戻ることができるという結末からは、古い世代の祖母は滅したが、新しい世代の孫娘は試練を無事に乗り越える、という世代交代の機能を読みとることができるだろう。

## 通過儀礼としての「物語」

この「赤ずきんもの」の原型とも言える物語のあり方に興味を示した受講学生も多い。「赤ずきん勉強会」では、ふたりの学生(E・F)が、村井まや子氏の「赤ずきんの内なる狼」という論考を引きながら、女性の世代交代という、この物語の本質的な部分に注目することをうながしている。この読み方を採用すると、祖母・母・娘の役割は明確になって、現時点で女性としての成熟のクライマックスにある「母」が、すでにその役割を終えようとしている「祖母」のところへ、無知で未経験の「娘」を送り出す、という構図になる。そこに出現する「狼」は、もちろん、男性という「性」のあり方を見せる役割を担っていて、そのことを知り得た(「無知」を脱した)少女は、「女」を象徴する祖母の肉と血を得て、自身のものとする(「女」になる)のである。こうしてみると、赤ずきんちゃんの道行は、一種の性的通過儀礼だと言えるだろう。「娘」は狼に注意することは必要なのだが、この道を通ることが重要で、それは狼との触れ合いがなければ、彼女は性的に成長し、女性になることができないからだ(F・G)。

「赤ずきんもの」を最も単純に読むならば、「娘」の性的通過儀礼と、祖母・母・娘という女三代の間に生じる世代交代というのが、「物語」が伝えるメッセージということになるだろう。だが、ペローによって、あるいは、グリムによって手が入れられ、改変が加えられたために、メッセージそのものも変容し、読み手の側の意識も変わる。

ペローは、祖母の血肉の部分をすべてカットしてしまったことで、世代交代の循環も断ち切ってしまったかに見える。この物語においては、祖母が亡くなってしまったために、母がその後を襲うかのように見えるが、娘も同時に亡くなってしまうので、次の世代が続かない、という解釈も成り立つ（H）。というわけで、ペローの「赤ずきん」は「母への教訓」の物語ではないか？という読みを誘発してしまうのである。これは若い娘への教訓ではなく、むしろ、母に向けて「お母さん、注意しなさいよ、娘が傷モノにならぬよう……」という、語りではないのか、と（F）。

ではグリムの場合はどうか。赤ずきんちゃんは生還を果たすので、通過儀礼を無事にやりすごし、目標は達成されたかに見える。だが、この物語の場合には、「祖母」も一緒に帰って来てしまうので、女性間の世代交代がうまくいったようには見えない（H）。であれば、これはやはり「性的通過儀礼」のうち「性的」な部分が薄められ、家庭内でのモラルの順守が求められ、場合によっては、ふさわしい男性（「狩人」＝夫や父）の助力によって円満な結末が得られる、という「物語」へと転換していると読めるかもしれない。言い方を換えれば、これは「女の」物語ではなく、「家庭の」物語になってしまった、ということだ。

# 第三章

## 『きりこについて』（西　加奈子）を読む

続いて扱う「物語」は、『きりこについて』という、西加奈子による現代日本の小説である。「赤ずきん」とは違って登場人物もはるかに多く複雑なので、まずは、主要キャラクターたちがどのように描写されているかを観察し、整理しておこう。

## 1　登場人物たちのつくり

『きりこについて』は、「きりこ」という女の子が誕生し、学齢期に達し、その後、紆余曲折を経ながら社会の中に自らの場所を見出す、という筋立てを持っている。彼女が占める場所を物語の流れに沿って確認してみると、「家庭」→「学校」【→「家庭」】→「社会」(「株式会社ラムセス」)と示すことができるだろう。【→「家庭」】と表示した部分は、高校生くらいの年齢の頃、きりこが家庭に引きこもっていたことを表しているのだが、物語の展開上、この箇所はとても大きな意味を持つ。なぜなら、この時期をはさんで、前半と後半で、大きく異なるテーマが扱われるからだ。前半は名付けて言うなら「きりこ内部テーマ＝ぶすとは何か?」、後半なら「きりこ外部テーマ＝女はなぜ泣くのか?」といった具合になるだろうか。いずれも、ジェンダー的に言って、奥行きの深いテーマである。

## 「きりこ」と家のひとたち

物語の発端となるのは、きりこと家のひとたちである。きりこには両親がいて、それぞれ「パァパ」「ママ」と呼ばれている。名前は付けられていないが、ふたりとも、それぞれに美形であることが示されている。

パァパ：男／鹿児島出身・きりりと彫の深い顔立ち・遠慮がち・実直・眉毛が太く濃い
マァマ：女／一重の涼しげな目・均整のとれた顔立ち・歯並びが悪い

ここで、「きりこ」自身を紹介しておいたほうが良いだろう。物語の冒頭部分が以下である。

> きりこは、**ぶす**である。
> 誰かを、**ぶす**、と感じるのは人それぞれ、千差万別だから、こう、のっけから「**ぶすだ**」と断定するのは早急だし、きけん！なことかもしれない。でも、例えば百人の日本人、働き盛りの男の人、若いお母さん、やんちゃな小学生、照れ屋の中学生、大人ぶる高校生、年老いたジャズプレーヤー、フランスかぶれの女の人、メタボリックな社長、詐欺で身をたてている女、とにかくランダムに、出来るだけまばらに、色んな人を集めて、その人たち皆にきりこを見てもらい、「どうか正直に言ってほしい」とお願いしたら、きっと九十七人、いや九十八人、もうちょっと頑張って九十九人、こうなっ

たらやけくそで百人！は、「**ぶす**である」と、言うだろう。

（西加奈子『きりこについて』、角川文庫、5頁。強調は原文のまま）

ここに描かれている主人公「きりこ」のインパクトは、かなり強烈なものがある。なにしろ、この短い間に、四度も（しかも太字で）「ぶす」であると記されるのだから。しかし、同時に注意しておいた方が良いのは、ここで引き合いに出されている人々がみな、ある種の「**ステレオタイプ**」にすぎないという点である。「働き盛りの男の人」や「フランスかぶれの女の人」は、おそらく、身の回りにそれなりにいるだろうが、そのような、誰とは特定できない人によって「ぶす」と決め付けられる女の子が、はたして本当に「ぶす」なのかどうか？　冒頭から「ぶす」という「評価」を下される「きりこ」は、一般的には（ステレオタイプ的に言えば）「ぶす」なのかもしれないが、そこには、なにか特別な問いかけが用意されているのかもしれないと、私たち読者は身構えておくのが良いだろう。

さらに言えば、この部分の書き手（「きけん！」と平仮名で記す）は、いったい誰なのかという問題がある。その答えは、物語を読み進めていくとだんだんにわかっていくのだが、実は、書き手（語り手）というのは、きりこの飼い猫「ラムセス二世」なのである。しかもこの猫は、きりこについての物語を書くことからもわかるように、人間のことばを完璧に解し、飼い主と日々語り合う。きりこが小学校一年生のとき、体育館の裏で「軽くにゃあと鳴いているところを、見つけられ」（9頁）て以来、ラムセス二世はずっと、きりこの日々の話を聞き、助言し、なにより彼女のありのままを観察して、その様子を好み、尊敬する。ラムセス二世は、いわば、きりこの第一のサポーター (支援者・支持者) なのである。

ラムセス二世：オス／黒猫・賢い・ご近所猫ネットワークを持つ／有限会社 (その後、株式会社) ラムセスにその名

## 「きりこ」の家の外にいるひとたち (その1：小学校)

ここからは、授業中に行った登場人物の整理をもとに、きりこの家の外にいるひとたちの描写についてまとめてみよう。まずは、小学校時代のクラスメートについて。

すずこちゃん：女／可愛い・おとなしい・謙虚で遠慮がちであることが女性の価値を高めることを知る・モデルの女の子を真似る・自身もモデルになるがぱっとせず・歳を重ねる彼女には男性が見向きもしないことを知る／株式会社ラムセス入社 (デスクワーク)

みさちゃん：女／可愛くない・太っていて鈍い・周囲の空気を察しておとなしく振る舞う卑屈さ・「妄想」の中で夢を実現すべく漫画を描く・カリスマ少女漫画家・整形手術によって美しくなる

さえちゃん：女／可愛くない・太っていて鈍い・周囲の空気を察しておとなしく振る舞う卑屈さ・真面目なあまり妄想に取りつかれる・疲弊して病院生活へ・猛勉強をして「平等な世界」を夢見るが挫折／株式会社ラムセス入社（税理士）

ノエミちゃん：女／可愛い・ハーフ・おとなしい・体型変化に対する強迫観念が強くダイエットにまい進・自分の三倍はあるスウェーデン男性と出会い結婚、三男二女

あずさちゃん：女／かっこいい・さわやか・スポーツができる・女子のリーダー・サバサバとした潔さ・男子に媚びることがない・背が高く能力があるので男性からは敬遠される

こうた君：男／かっこいい・足が速く運動ができる・女子に人気・硬派な雰囲気・きりこの初恋の相手・きりこを「ぶす」と呼んだ初めての存在・ちせちゃんに恋する／日雇いの仕事をしながら、株式会社ラムセスに出入り

ここでは、後に展開する考察を先取りして、ふたつだけジェンダーに関する注目ポイントを指摘しておきたい。ひとつは、名前の付いた主要人物のほとんどが「女子」であること。もうひとつは、男女に関わらず、「可愛い」かそうでないか、あるいはかっこいいといった外見的なもの（物語においては「容れ物《い》」

ている点である。

と表現される）から出発し、そのことによって集団内での立ち位置がどうなるか、といった描き方がされ

## 「きりこ」の家の外にいるひとたち（その2）

小学校のクラスメート以外にも、きりことつながりを持つ人たちはたくさんいて、その代表が近所に住む上級生（三つ年上）の「出井ちせちゃん」である。彼女は当初、同じ集合団地に住むお姉さんに過ぎないのだが、その後、きりこが長い引きこもりを破って外に出るきっかけとなる。その「ちせちゃん」を通して付き合いを深めるようになるのが、次のようなひとたちだ。

出井《いでい》ちせちゃん：女／栗色のくるくるの髪の毛・細い手足・バレエを習う・性交好き・出会い系サイトで出会った男性に無理やり性交される・きりことともに訴える・二十一歳でAV女優に／きりこと共にAV製作会社有限会社（後に株式会社）ラムセス設立（社長）

元田《もとだ》さん：女／元ヤンキー・新興宗教にはまる・夫に去られる・息子ともひこ君は若いうちに失踪し女性に暴力・きりことラムセス二世に助けられ立ち直る

久方《ひさかた》さん：女／レイプ被害者を支援する「あなたの心を取り戻す会」のメンバー・ちせちゃんが出会い系サイトで男性に会った話を聞き、女性の側にも非があるのでは？との意見を披歴

押谷《おしや》さん：女／「あなたの心を取り戻す会」のメンバーだったが辞める・自身も被害者・「私みたいな女」が、と自らを責める／株式会社ラムセス入社（経理担当）

ゆうだい君：男／同じ集合団地に住む和久井《わくい》さんの息子・両親は学者にしようと期待・勉強はダメだが美術の才能に抜きんでる／ゲイであることを株式会社ラムセス（美術担当）に入ってからカムアウト

ここで注目しておきたいのは、相変わらず登場人物のほとんどが女性であることと、物語の後半に入って、テーマが「性交」の問題へと大きく広がっていく点である。ちせちゃんの窮地を「予知夢」によって知ったきりこは、彼女を救うために外に出るのだが、きりこ自身は「性交」を経験しているわけではない。であるから、ここでは具体的な「性交」のあれこれが問題になっているわけではなく、「性交」をめぐって語られる「こうでなければならない」や「こうであってはならない」といった評価や、そうした一方的な評価が個人に与える影響といったものに焦点があてられていると考えてよい。この問題については、後ほどさらに掘り下げて考えてみよう。

## 2 「きりこ」について考える……ぶすとは何か？

ではまず、ひとつ目のテーマ「ぶすとは何か？」について考察を深めよう。すでに述べたように、きりこは冒頭から「ぶすである」と書かれていて、その断定ぶりには、反論をほとんど受け付けないような強固さがある。この提示の方法と内容から、私たち読者はどのような思考を導き出すことができるだろうか。

### 「可愛い」きりこ

そうは言っても、きりこはずっと「ぶす」だと認定されてきたわけではない。冒頭の、ラムセス二世による断定は、あくまでも、きりこが「客観的」に見て「ぶす」だと示しているに過ぎず、他の可能性があることが妨げられているわけではない。きりこはむしろ、生まれた時から引きこもるまでは、ずっと「可愛い」と思われてきたのであって、それが覆されるには相当大きな事件が必要とされたのである。

### 父と母が造る「可愛さ」

きりこは一人っ子で、パァパとマァマ、それにラムセス二世とともに、大阪の小さな街に住んでいる（6頁）。すでに紹介したとおり、きりこの父も母も「そこそこの美男美女」（6頁）で、ではなぜ彼女が誰もが認める「ぶす」になったかと言うと、「美男美女家系のそれぞれ悪いところを、ひとつずつもらった、奇跡のような顔」（8頁）だからと説明される。さらに、この親たちは娘が「ぶす」だとは思っておらず、心の底から「可愛い」と思って彼女を育てる。

だから、ふたりで、「可愛いなぁ。きりこちゃんは、ほんまにほんまに可愛いなぁ」と、褒めに褒めて育てた。きりこは、いつも耳元で聞こえる「可愛いなぁ」を体いっぱいに浴びて、すくすくと育ち、幼稚園に入っても、小学校に上がる頃になっても、きりこが生まれたままの「随分」な姿でいることを両親が忘れてしまうくらい、「可愛い女の子」然としていた。きりこはつまり、自分が**ぶす**であるということを、つゆほども、飼っている猫の髭《ひげ》の先ほども、思わなかったのだ。（8頁）

きりこのことを客観的に見て、百人が百人「ぶす」であると思ったとしても、彼女の両親はそうは思っていない。親たちは「客観的」（と言われる）視線を共有することはないから、自分たちが感じたとおりに（「主観的」に？）娘を評価する。彼らにとって、きりこはほんとうに「可愛い」のであり、だからこそ、きりこは「可愛い女の子」として成長する。ここになんらの齟齬もない。そのように育てられるから、ひとはそのように育つ、という見本のようなものだろうか。その結果、きりこは自らの「可愛い女の子」らしさを疑うことはなく、「可愛い女の子」としての希望と期待を持ち、「可愛い女の子」としての振る舞いを実践するのだ。

## 「ぶす」のきりこ

では、きりこの小学校時代のクラスメートたちは、彼女をどのように評価していたのだろうか。物語のなかで呼び名を持ち、性格や変化の過程が描かれているのは、前節の「『きりこ』の家の外にいるひとたち（その１：小学校）」に示した五名の女子と一名の男子である。生まれてからずっと「可愛い」と言われて育ち、自分のことを他の誰よりも「可愛い」と思っていたきりこは、ある時点までは、女の子たちの頂点に君臨する存在だった。女の子たちはみな、きりこが作ったルールに則ってゲームを行い、彼女にほめられることを好んだ。きりこはきりこで、みなの者に対し、お姫様然として鷹揚に振る舞うのを、自然なことだと思っていたのである。

## 「可愛い」か「ぶす」か？

この状況が一変するのが、きりこが生理になり（このことを、きりこは「うち、女の子から、女、になってん！」（72頁）と表現する）、初恋のひと「こうた君」への恋慕の情がますますつのり、彼へのラブレターを書こうと決心した小学六年生のことだった。ピンクの花模様の便箋に書かれた恋文が、みなの前にさらされ、朗読され、その後に発せられたこうた君のひとことが、その引き金となったのである。

「やめてくれや、あんな**ぶす**。」（79頁）

このことばをきっかけに、きりこの周囲は激変する。きりこは「うちの、どこが**ぶす**？」という問いに悩まされるようになり、かなりの間、なぜそう言われるのかがわからない。一方、それまできりこの「可愛い」振る舞いを何となく受け入れてきた周りのみんなは、彼女のありさまを「完全な**ぶす**」と認定し、その結論へと落ち着いてしまう（81頁）。以降、その評価は固定され、「ぶすのきりこちゃん」は、それまでの地位を滑り落ち、相手にされなくなっていくのである。

この事件（時点）を境目として、何が大きく変わったのか。それを、五名の女子と一名の男子のプロフィールから読み解いてみよう。まずは女子における、「可愛い」と「そうでない（可愛くない）」との分別である。きりこが「ぶす」と認定された際にその対照とされたのが、「すずこちゃん」という女子だった。彼女の外見を「可愛い」と定義するとき、きりこは初めて自分が「可愛くない（すずこちゃんとはちがう）＝ぶす」という公式を見出すのであり、それは敷衍すれば、世界の女はすべてこの「可愛い」（少数の）と「そうでない」に分かたれているという事実を確認することでもあるだろう。

**「ぶす」と決めるのは誰か？**

また、それは同時に、誰にとって「可愛い」のかという問題へともつながっていく。きりこを「ぶす」と認定するきっかけとなったのが、多くの女子から熱い視線を送られている「こうた君」であったことは、偶然であるわけがない。きりこを含む六名の女子のうち、「可愛い」に分類されるのは「すずこちゃん」「ノエミちゃん」「あずさちゃん」の三名であるが、このうち「あずさちゃん」だけは、正確には「可愛い」とは評価されていない。なぜなら、男に勝る能力を発揮し、そのことを隠そうともしない彼女は、男ウケがまったく良くないからである。他方、「すずこちゃん」と「ノエミちゃん」は、ともに「謙虚」であることが特徴で、目立たず男性を立てる役回りを演じることで、その視線を釘づけにする可能性を心得ている。このふたりこそが「可愛い」のであるならば、それは、「男性にとっての可愛さ」ということになりはしないか。一方で、きりこと「みさちゃん」「さえちゃん」の三名は、いずれも見かけはぱっとしない。自分たちがぱっとしないと知っている「みさちゃん」と「さえちゃん」の振る舞いは、小学生時代にはほぼ共通している。ふたりとも「なるべく目立たないようにする、誰かに頼まれたら「いや」と言わない」（85頁）卑屈な態度を身につけ、自分たちの考えを表情に出さないことで、学校生活という荒波をなんとか乗り越えようとするのである。

しかし、成長した彼女たちの選択は、大きく異なっていると言えるだろう。「さえちゃん」はあるべき理想の実現に燃えて、それを「妄想」に変えてしまうのに対し、「みさちゃん」は自らの「妄想」を「少女マンガ」という表現の場所へと落とし込む。その結果、理想と現実の間を見事にすり抜け、社会的成功へとたどり着いたのは、当時は「妄想」のただなかにいた「みさちゃん」の方だったのだ。こうしてみると、「あずさちゃん」と「みさちゃん」のふたりに、共通のあり方を指摘できるかもしれない。いずれも、他人に求められた「可愛い」を受け入れることはよしとせず、自分の能力と好みを貫く、という点において。「あずさちゃん」は、相変わらず男性から敬遠され続けるが、その狭量さに辟易とし、歩み寄るところなどかけらもない。「みさちゃん」は大金を使って容姿を劇的に変化させ、後年「一番男性にモテた」が、その美しさは「何より、彼女の自信から来るもの」だと説明されるのだ（200頁）。ここにひそむジェンダーの問題として、どのような点を指摘することができるだろうか？

## 「鏡」をめぐる考察

さて、ここからはもう少し、きりこと「ぶす」の問題を掘り下げて考えてみたい。すでに説明したとおり、きりこは生まれてから「こうた君」に失恋するその時まで、自分のことを「可愛い」と信じて疑うことはなかった。だからこそ、「こうた君」の「やめてくれや、こんな**ぶす**！」発言に対する彼女の正直な反応は、「うちの、どこが**ぶす**？　目？　鼻？　口？」（83頁）なのである。初恋のひとに手痛く振られたことで、きりこは徹底的に傷つくのだが、その時点での結論は「うちのどこが**ぶす**なんか、まったくわからへんわ！」（84頁）というものであった。

## 「鏡」は語らない？

しかし、周りの反応は一変する。それまではお姫様然として振る舞っていたのが一転、「皆から、疎まれるように」（85頁）なり、周囲にいた女子たちは、ほとんどが離れていってしまう。この状況を持て余したきりこが何をするかと言えば、ひたすら「鏡」を見続けるのである。「うちのどこが**ぶす**？　どこが？」と問いながら。

きりこは二年間ほど、鏡を見つめ続けた。
頬を引っ張り、唇をすぼめ、目を見開き、耳を隠し、小鼻を苛《いじ》めた。しかし、どれほど触っても、そこにあるのはきりこそのもので、そこに、**ぶす**の要素はなかった。そもそも、きりこにとって**ぶす**とはどういうものであるか、分からなかった。（96頁）

「二年間」とは、驚異的な長さである。これほどに鏡を見つめても、きりこにはなぜ自分が「ぶす」であるかがわからない。それを説明してここでは、きりこは「きりこそのもの」だと書かれていることに注目しよう。きりこにとって、「みさちゃん」は「みさちゃん」であり「すずこちゃん」は「すずこちゃん」に過ぎない。どちらも「そのもの」であるに過ぎず、ここには「ぶす」と「可愛い」を分ける基準そのものが存在しないのである。よって、「鏡」を見ても「ぶすの理由」はわからない。なぜなら、この時点においての「鏡」は、覗きこむひとをそのまま照らし返すだけで、「評価」は下さないからである。「鏡」とは、本来そういうものだろう。「鏡」にはそれを覗くひとの姿が、そのまま映っているに違いないのである。もちろん、変な鏡もあるにはある。覗くひとの姿を拡大したり、ぐにゃっとさせたり、上下さかさまに映したり。だが、これもまた、その「鏡」が持つ一定の機能に過ぎず、「鏡」自身が自らの意思で、映る人の姿を歪曲したりするわけではない。

だから当然のことながら、きりこが自分の「ぶす」を発見するのは、「鏡」の中であるはずはない。中学生のとき、きりこはみさちゃんの描く「妄想」にあふれた漫画の主人公の顔立ちに、「みさちゃんの望むこと」を見出すのである。星がきらめく「顔の半分ほど」もある大きな目。とんがった小さな鼻と、細いあご。そして何より「つやつやと愛らしい、男の子に『すごいのね』を言うのにふさわしい唇」（105頁）を持つ「可愛い」ヒロイン。この、現実とは思えない顔立ちが理想として描かれており、それにもっとも似通った造形の持ち主が「すずこちゃん」であると気が付くとき、ようやくきりこは腑に落ちるのである。「うちは、**ぶす**なんや」（107頁）、と。

**「鏡」は語る？**

二年間も鏡を見続けても自分が「ぶす」だとわからなかったきりこだが、このことをきっかけに食事が喉を通らなくなり、「鏡」を見なくなってしまう。ここでの理屈はこうである。きりこは自分が「ぶす」だとわかった→だが、自分は自分であるので、「可愛い」と言われるひとに「なりすまして生きる」（110頁）ことはできない→みんなにとって自分が「ぶす」であるという事実がある以上、輝く人生は享受できないという現実を受け入れる→「自分が自分である限り、現実に苦しめられるのであれば、その原因である自分を、見なければいい」（111頁）。

この理屈から読み取れることのひとつに、「鏡」の変質をあげることができるだろう。先ほど、「鏡」は覗きこむひとをそのまま照らし返すだけで「評価」は下さない、と述べたが、これはあまり正確な表現ではない。確かに、「鏡」そのものに、「評価」を下す機能が付いているとは言えない。だが、たとえば私たちは、「白雪姫」に出てくる「鏡」が王妃に向かって、「おきさきさまこそ、お国いちばんのごきりょうよし」（完訳『グリム童話集』2、金田鬼一訳、岩波文庫、131頁）と言うのを知っているが、これは本当に「鏡」が語っているのではなくて、それを求める王妃自身の声が反映しているのだと解釈することができる。つまり、実体としての「鏡」にそのような機能がないとしても、それを覗き込むのが「評価」を気にする人間である以上、まるで「鏡」が「評価」の基準を決めるような錯覚が生じる可能性がある、ということだ。いやむしろ、それは「錯覚」などではなく、私たちが生きる世の中の、ある種の掟のような役割を果たしているとさえ言えるのではないか。そのことを、ラムセス二世は的確に、このように表現する。

猫たちは、ただそこにいた。
ただ、そこにいる、という、それだけのことの難しさを、きりこはよく分かっていた。人間たちが知っているのは、おのおのの心にある「鏡」だ。その鏡は、しばしば「他人の目」や「批判」や「評価」や「自己満足」、という言葉に置き換えられた。（128―129頁）

こうしてみると、「鏡」にはやはり、覗きこむひとがそのまま映っているわけではない、ということになるだろうか。この問題について「きりこ勉強会」（授業後に受講学生たちが集まって『きりこについて』

について討論した）では、さまざまな考察が繰り広げられた。受講学生たちは、そもそも自分の顔は鏡にでも映さない限り見えないのだから、「鏡に映る自分＝他人がいつも見ている姿」ということになる。よって、「鏡」は「他人に見られている自分」を「自問」するためのツールになるのだ、と説明する（B・D・H）。それだからこそ、「鏡」に映るものは「自分のコンプレックス」であることが多い（F）という考えも成り立つだろう。自らの美を疑わない「白雪姫」の王妃は、「鏡」に「あなたは美しい」と言わせることで「自己満足」を得ようとする。では、自らの「ぶす」を認識したきりこに向かって、「鏡」は何を語ることになるだろう。「あなたはぶすだ」と「評価」（＝「批判」）する「鏡」を、はたして、私たちは覗いてみたいだろうか？

　もうひとつ重要なことは、「鏡」に映っているのは、ひとの「外面」だけである、ということだろう。ラムセス二世はそれを「きりこを苦しめているのは、きりこの見た目だけ、それはただの『容《い》れ物』に過ぎないのだが、思春期のきりこには、そこまで慮《おもんぱか》る余裕はなかった」（111頁）と言うのだが、私たちは「思春期」でなくとも、「ただの容れ物」への評価に囚われて、身もだえすることを知っている。そのことを指して「鏡は内面を映し出さないので、ゆがんだ自分が鏡に映る」（G）との意見を紹介してくれた受講学生がいるが、これはまさしく慧眼と言えよう。

## 「美人」と「ぶす」という「呪い」

## 「容れ物」と「内面」

「きりことぶす」について考えるこの項の最後に、「美人とぶすという呪い」という切り口を提案してみたい。実は、この物語には、「美人」だから幸せになったひともいないし、「ぶす」だから不幸になったひともいない。であるにもかかわらず、登場するひとたちにはみな、容姿（「容れ物」）に関する記述があって、その良し悪しが少なからず問題になっている。このことは、人生における幸せとか日常生活のなかの満足といったことがらと、各人が持つ「容れ物」との間には、心理的にも物理的にも「ない」とは言えないが、「絶対的」とも言えない、微妙な関係があることを示唆している。それを逆側から表現すれば、「内面」さえ良ければそれで良いという理屈も、また、成り立たないということになる。そうしてみると、きりこが百人いれば百人が「ぶす」と認定するような女子、に設定されている理由は、こうしたメッセージが含まれているから、という解釈が成り立つかもしれない。人間は、「容れ物」が肝心。でもそれだけではない。人間は、「内面」が肝心。でも、それだけでもない。最終的に、きりこが得る啓示とは、このことに尽きるだろう。


「うちは、容れ物も、中身も込みで、うち、なんやな。」

　そうです。

「そんで、」

　そう。

「今まで、うちが経験してきたうちの人生すべてで、うち、なんやな！」(194—195頁)

## 「ぶす」は「ぶす」らしく、「美人」は「美人」らしく

最後にもう一歩だけ踏み込んで、はたして「ぶす」だけが問題なのか？という問いを立ててみよう。「きりこ勉強会」では、このことについて、「ぶすという呪い／美人という呪い」というテーマで話し合いをした。人間、「容れ物」だけではないのだが、「容れ物」が重要なことも否定できない。そして、このことは、特に女性において顕著であろう、というジェンダーにまつわる考察である。

結局のところ、「美人」で得をするのは、男性の目に留まり恋愛や結婚の対象としてふさわしいと認められる可能性が高いから、というのが実体であるなら、「容れ物」に気を遣い、「容れ物」を磨こうとするのは、女性に求められる「勤め」のようなものになってしまう。しかし一方で、こうして得られた「美人」という評価は、他者からの「羨望」の対象となり、場合によってはいわれのない「妬み」の的にもなるだろう。このことを「しなくてもよい苦労」(B)と表現した受講学生がいたが、「ぶす」でも「美人」でも、いずれにしても「苦労」することになる女性のあり方を、うまく言い当てている。さらに考察を深めるなら、女性の容姿に対して向けられる視線の「暴力性」という問題にまで行き着くことができるだろうか。「プラスであろうがマイナスであろうが、外見について批評されることそのものがストレスである」(C)という指摘をした受講学生がいたが、このことは、「美人」にせよ「ぶす」にせよ、そう「名指されること自体が暴力的ではないか」(H)という考察へとつながるだろう。

加えて言うなら、「美人」にせよ「ぶす」にせよ、そういう評価を受けることが、「そう振る舞うべきである」という呪い（G）へと転換する可能性も否定できない。そうしたことは、たとえば「あの子は美人なのに〜だ」や「あの子はぶすのくせに〜だ」といった表現の中に見出すことができるだろう（D）。こうして外見によって規定された振る舞いの法則は、そのひと個人の人生を深く縛る要因にもなりかねない。「ぶすなんだから小奇麗に、ひとに嫌われないように」（H）や、「ぶすなんだから頭くらいよくないと」、「ぶすなんだからひとりで生きて行けるように手に職を付けないと」といった言説に出会ったことはないだろうか？　一方で、「美人だから人生何でもうまくいってるだろう」（C）や、「美人は頭が悪い」といった物言いを聞いたことはないだろうか？　「美人なんだから、苦労して勉強や仕事をしなくてもいいだろう」と言われ、人生の選択肢を暗に狭められることだってあるかもしれない。また、こうした評価が誰によってなされるかを考える際には、状況はさらに複雑になる可能性だってある。受講学生からは、たとえば、こうした評価がほかならぬ「男性」によって下される場合、「男性」側に「女子は謙虚でちょっとバカなくらいがかわいい」という期待があれば、女性はそれに応えるべく、自由に振る舞えなくなることがあるかもしれない。また、「美人で頭も良く」と努力を重ねる女性が、その結果を「良い男性との出会い」という形でしか評価されないという甲斐のなさもまた、「呪い」のひとつではないかとの意見もあった（A）。

## 「鏡」・「呪い」・ジェンダー

「きりこ勉強会」では当初、「ぶす」にせよ「美人」にせよ、外見に関する評価は「自分が自分にかける呪い」

である、との意見が支配的だった。とくに「ぶす」という呪いは「自己嫌悪」とほぼ同義であり、これはそのまま「誰にも認められないという孤独感」や「自分で自分を否定せざるを得ない絶望」と、きりこが名付けるものへとつながっていく。こうした孤独感や絶望は、当人にとっては「自分の責任」なのだろうが、はたしてそうなのか?と問う必要もあるに違いない。「呪いは自分が自分自身にかけてしまうもの。心にある『鏡』を気にして、自分が望むものよりも他人の目や批判を優先させた」(F)結果である、と分析した受講学生がいたが、これは言い換えれば、他人の目を「内面化」させた結果ということだろう。そして、この「他人の目」には、多分にジェンダーが関係している。「他人の目」(=「鏡」)は、「女だから〜」「女のくせに〜」といった、ジェンダーによる規範を反映する装置としての役割を果たし、結果として、毒を含んだ「呪い」を放つ。それをうけた「ぶすな私」は身を慎むことを覚え、場合によっては、悲しみに満ちた孤独をかこつことになる。もしかすると「きりこ」とは、そういう「私」を引き受けて生きる存在なのかもしれない。

## 3 「ちせちゃん」について考える……女はなぜ泣くのか?

それではここからは、ふたつめのテーマ「きりこ外部テーマ=女はなぜ泣くのか?」について考察してみよう。「きりこ外部テーマ」と名付けたのは、物語の後半に入って、きりこの「問題」が、自分の「ぶす」をめぐる極めて局所的と見えることがらから、家の外側にある大きな空間へと広がっていくからである。副題の「女はなぜ泣くのか？」は、きりこが引きこもりを破り、外に出るきっかけが「泣いている女の夢を見る」ことにあるからで、彼女たちが泣く理由を問いかけながら、物語の中にあるジェンダーの問題を、いくつか掘り起こしてみたい。その際に中心に据えるのが、「ちせちゃん」ときりこの関係である。

## 眠るきりこが外に出るとき

自分の「ぶす」を認めたが、その「現実」との折り合いがつかなくなってしまったきりこは、ひたすら眠り続けるようになった。そのことをラムセス二世は、人間の世界では「自分のいる現実から逃避したくて、眠り続けることがあるらしい」と述べ、その様子を「目覚めたそこには辛《つら》い現実があり、それを受け入れることに困難を感じて、また眠りを欲する」（１１９頁）のだと説明する。その結果、きりこは高校にも行かなかったし、そのことを両親は、何か理由があるのだろうとそのまま受け止め、非難することなどまったくなかった。

### 「そのまま」の「夢」

では、この間きりこは何をしていたのか？　ただ眠っていただけではなく、夢を見ていたのである。ただしその夢は、みさちゃんの漫画に出てくるような「可愛い」きりこになる、という「夢」ではない。夢の多くは「自分の容姿にまつわることであったが」、「きりこは、夢の中でも、ずっときりこのまま」だったのである。そのことを説明して、きりこには「自分の姿のまま皆に迫害される夢を見る」ことより、可愛いとされる女の子に「変わって皆に愛されている夢を見る」ことの方がつらかった、と述べられていることに注目しておこう（125頁）。きりこにとっては、相変わらず「きりこそのもの」であることが重要であり、それを否定することは「自分への、ひいては生への冒涜《ぼうとく》」（125—126頁）なのである。

しかし、だからと言って、きりこの悩みが解消されているわけではない。あるいは、「だからこそ」、きりこの悩みは続いているとも言える。目を覚ますとすぐに、きりこは見た夢のことをラムセス二世に話し、ラムセス二世は「それに、適当な解釈」（126頁）を与える。この時点で、きりこが夢を見続けていることとその内容を知り、受け止めているのは、ラムセス二世のみであり、きりこは変わらず家の中で眠り続ける少女に過ぎない。ラムセス二世を通して、きりこは、猫たちの「ただ、そこにいる」（128頁）というあり方の難しさと素晴らしさを学んでいる途上だと言えるだろうか。それはつまり、「そのまま」の自分と、それを「評価」する社会の「現実」との折り合いが、可能かどうかと問い続ける時間とも言い換えられよう。きりこは、猫たちのようでありたいと願いながら「まだそれがかなわないことを知り、少し落ち込んで、そして、布団の中で夢を見続け」（129頁）ている。「まだかなわない」のなら、いつか「かなう」のだろうか、それとも、この理想（＝猫たちのようであること）は「かなえる」必要などなくて、また別のあり方を見つけるほうが良いのだろうか？　それはまだ、わからない。

## 「泣く女」の「夢」

きりこの状況が変わるのは、この願いが「かなった」からでもないし、「かなわない」とあきらめたからでもない。ある「夢」を見るのである。この「夢」は、後に「予知夢」のようなものだということがわかるのだが、きりこは他人の現実を生々しく「夢」に見る能力を得て、それをきっかけに「外」に出ていくのである。その夢とは次のようなものであった。

初めは誰だか、分からなかった。
細くて、すらりとした足の女の子。胸に体中の脂肪が集中してしまった、バービー人形のような体をした裸の女の子が、泣いていた。しくしく、悲しげに泣くのではなく、怒りに震え、手で地面を叩き、目が合った誰かに、今にも摑《つか》みかからんばかりであった。（132頁）

この後すぐにわかるのだが、この「女の子」が、きりこと同じ集合住宅に住む「出井ちせちゃん」である。ここで注目しておきたいのは、きりこの夢に出てくるちせちゃんが「泣いている」という点である。きりこがこの夢の意味を問い、実際にちせちゃんに会いに出かけるのは、彼女の泣き声が切実に彼女に響いて来たからであった。この事件以降、きりこは何度も「泣く女」の夢を見て、その痛みに深く感応するようになるのだ。

## 「ちせちゃん」は泣く

きりこが「泣く女」の夢（＝「予知夢」）を見るのは、ちせちゃん、宗教に入れ込んで自分を見失っていた元田さん、「あなたの心を取り戻す会」にいた押谷さん、可愛かったすずこちゃん、自己嫌悪に陥って病んでしまったさえちゃんなど多数いるが、それぞれに、事情は違っている。ここではまず、ちせちゃんの事情と、次にそれと大いに関係のある押谷さんの事情について検討してみたい。それが、この節のタイトルを「ちせちゃんについて考える」とした理由である。

### 「ちせちゃん」が受けた被害

ちせちゃんが泣いていた事情はどのようなものだったのか。発端は、「ちせちゃんが、出会い系サイトで知り合った男に、強姦《ごうかん》された」（１３５頁）ことにある。ちせちゃんは十四歳で「性交」の経験をしてからずっと、自分の欲求をおさえることはなく、その様子は「ちせちゃんは性交が好きだった。ただそれだけだったのだ」（１３５頁）と説明される。彼女は好きな性交を追求すべく多くの男性と関わるが、ある日、出会い系サイトで知り合った男とトラブルになる。ちせちゃんは性交は好きだったが、彼女には彼女のルールがあって、嫌なときにはそれを拒むのだが、その時の男は彼女の拒否を真に受けず、無理やり性交をしたのであった。

だが、ちせちゃんが「泣いていた」のは、これだけが理由ではない。先ほどの引用部分をもう一度読み直してみよう。彼女は「しくしく悲しげに」泣いていたのではなく、激しい怒りを迸らせながら、大泣きしていたのである。無理やり性交されたちせちゃんは、黙っていたわけではない。「これはレイプだ」（１３６頁）と思った彼女は、事態を隠すことなどせず、警察に訴えてやる、と声をあげた。だが、彼女の「正当な被害者」としての訴えに、周囲の人間は耳を傾けることをしない。その反応とは次のようなものだ。いわく、「自業自得だ」（１３７頁）。いわく、「家の恥やから、もう黙っててくれ」（１３８頁）。ちせちゃんが泣いていた一番の理由は、実は、この部分にある。強姦された自分の主張をまったく無視する世間の「理不尽さ」にふれたとき、彼女の怒りは爆発し、同時に深い絶望に沈む。それを感じ取ったのが、「誰にも認められない孤独と、それによって、自分を自分で否定せざるを得ない絶望を、知っていた」（１３９頁）きりこであった。

## レイプは「自業自得」なのか？

では、「自業自得」や「家の恥」といった反応が生まれる理由はどこにあるのだろうか。このテーマについて「きりこ勉強会」で話し合ったときには、次のような指摘がなされていた。ひとつは、「被害者への偏見」（Ｂ）の存在である。「性交」とだけ言ったときには、そこには前提として「合意」のようなものが存在するように思われる。そのため、行為が一方的に強制されたものであった場合でも、被害を受けたひとに対し、「あなたにも非がある」と、咎めるような視線が向けられることがあるのだ。ちせちゃんの場合、「性交が好きだから、不特定多数の男と性交に及んでいたから、出会い系サイトで性交の相手を選んでいたから」（１３７頁）という理由で、だから、「あなたにも非がある」と責めるのである。レイプを訴えるべく警察署に行ったちせちゃんは、彼女の「短いスカートから出た綺麗な脚を、なめるように見ることを怠らなかった」中年の巡査によって、「そんなんじゃぁ、仕方ないやろ」（１３８頁）と言われてしまうのだ。ここに込められている意図は明白だろう。「そんな短いスカートをはいていて、レイプしてくれと言ってるようなもんじゃないか？」である。

もちろん、このような非難をするのは男性だけではない。ちせちゃんはきりこと連れだって、同じような経験をした女性たちのための団体に相談に行くのだが、そこでの経験も似たり寄ったりのものである。「あなたの心を取り戻す会」という団体を訪れたとき、彼女らの応対をした「久方さん」もやはり、「どう考えても、あなたにも非があると思えて仕方ないのよ」（１５０頁）との意見を述べる。「性交」を求めて「望んで」出かけて行ったことに対して。「胸が半分見えたような服」（１５２頁）を着ていることに対して。「男を刺激するために」（１５４頁）服を選んでいることに対して。「不特定多数の男に体開いて、ちっとも、自分の体を大切に」（１５４頁）していないことに対して。これに対する受講学生の反応のひとつがこれである。「なぜ、女性被害者に責任が求められるのか。露出の多い服を着ていれば、それは、ただちにレイプされても良いということなのか」（Ｈ）と。

## レイプは「恥」なのか？

続いて、「家の恥」という見解について考えてみよう。ちせちゃんは「尊敬していた母に、『家の恥だ』」

(143頁)と言われ、母の泣き声を聞くことになる。なぜ母親は「被害者」であるはずのちせちゃんを、「恥」だと思うようになるのだろうか。そのメカニズムは、次のようなものであろう。

一般的に、強姦された女性は、その事実を公にして争わず、「泣き寝入り」(136頁)してしまうことが多い。なぜか? それは、被害者であるはずの女性自身が、自分が「汚された」と感じ、それを「恥」に思うからである。さらに、「あなたにも非がある」という、世間からの視線が加われば(こういう事態を総称して「**セカンドレイプ**」と呼んだりするのだが、受講学生のひとりは、この点についても指摘していた(H))、なおさら立つ瀬がなくなってしまう。

さらに、ちせちゃんの場合には、彼女が「性交」好きで知られ、いつでも違う男の人と一緒にいる「近所では評判の良くない女の子であった」(134頁)ことを付け加える必要があるだろう。そもそもが、いつも男とつるんでいる「性交」好きの女は世間体が悪いのであり、その上に出会い系サイトで出会った男に強姦されたとなれば、それは「恥」の上塗りということになる。

ちせちゃんの告発はだから、何層にも重なって「被害者」となる女性の辛さを、心底から訴えるものだと言えるだろう。「きりこ勉強会」では、「性暴力を告発するには、女性側に多大な勇気が必要である。被害の与えるダメージは深刻で、女性はできれば他人に言いたくないと思うだろう。それゆえに、犯罪として可視化されることは難しく、たとえ勇気を振り絞り、彼女が訴えたとしても、立証が容易ではないという現実もある」(B・G)との指摘があった。さらに言えば、こうした「泣き寝入りの構造があるからこそ、女性が暴力の対象であり続けるのではないか」(G)という、踏み込んだ考察を加えることも可能だろう。

ただでさえ、「黙っていろ」と言われる女性が、その居場所を「家」のなかで失ったとするなら？　それが、ちせちゃんの涙が語ることであろう。

## 「押谷さん」は泣く

一方、「あなたの心を取り戻す会」という被害者団体にいた、押谷さんの問題とはなんだろうか。すでに述べたとおり、ちせちゃんときりこが被害の相談に行ったとき、彼女らに応対した久方さんは、ちせちゃんにも非があるといって咎めていた。そのこころは、「レイプ」とは、無理やり「望まずに心を奪われる」（このことを、この会では「心の被奪《ひだつ》」と呼んでいる）を意味するのであって、ちせちゃんのように「望んで」性交を求めるひとには当てはまらない、というものである。

### 「押谷さん」が受けた被害

もう一点、この物語のなかでは、この会を訪ねたきりことちせちゃんに対する、最初の反応が問題視されていることも重要である。彼女たちを部屋に通した受付の女性（後に「押谷さん」とわかる）も、相談の担当者となる久方さんも、ともに非常に地味な装いをしており、その様子は「並んで座ると、ふたりは双子のように似ていた」（150頁）と描写される。彼女たちはともに、訪ねてきたふたりのうち「きりこにばかり笑顔を向け、優しく」うなずくのだが、これについてきりこは「嫌な予感」がしたと述べている。

つまり「どうやらちせちゃんではなく、きりこが『被害者』であると、思っている」（147頁）ようなのであった。いったい、これがどういう事態を示すのかということについては、後になって説明される。地味な格好をして座っていた受付の押谷さんが、きりこたちの会社（当時は「有限会社ラムセス」）の扉を叩くのである。

押谷さんの説明はこうである。十七歳のとき、彼女は「その」（＝「レイプ」のことがこう示される）経験をした。彼女は地味な高校生で、きりこほどではないが、「どちらかと言うと**ぶす**」（176頁）だった。知らない男に車に連れ込まれ、望まぬ性交をされた彼女は悲しみ、怒り訴えたが、犯人が捕まることはなかったという。ちせちゃんとは異なり、家族も警察も親身にはなってくれるのだが、「親身」の方向が、押谷さんが望むこととはずれている。彼らもまた、目立たぬよう地味な格好をし、「標的にならないあなた」になることを勧めたのだった。この態度は一見、同情的であるようだが、「被害者」である女性に非難を向ける視線と底の方でつながっていると言えるだろう。

**「押谷さん」が泣く理由**

さて、ここまでのことであれば、押谷さんは大泣きはしないのである。もちろん、すでに充分泣いているのだが、きりこのアンテナに引っかかるのは、ここから先の涙である。押谷さんは、ちせちゃんと同じように、レイプ被害者の会に相談しようと出かけたのだが、そこでした「奇妙な経験」が、彼女を絶望の淵においやる。少し長いのだが、その箇所を引用してみよう。

受付の人も、カウンセリングに当たった人も、お茶を持って来てくれた人も、皆、なぜか「美人」ばかりだったのだ。「可愛らしい」タイプもたくさんいたし、可愛らしさと美しさを両方持っている、という女もいた。彼女たちは、押谷さんに優しく接してくれたが、押谷さんは、言い様のない劣等感にさいなまれた。

「こんな可愛い、美しい人たちだもの、男の人に狙われるのは当然かもしれない。」

そこで、どういうわけか、彼女は自分が「恥ずかしく」なった。可愛くない自分が、男の人に襲われたことが、恥ずかしくなったのだ。

「嘘をついているわけではない。私だって傷ついているのだけど、でも、私みたいな女が被害者ぶるのは、おかしいのではないか。私の気持ちは、この人たちには、分かってもらえないのではないか。」

（177―178頁）

性暴力をめぐる問題のひとつに、「**レイプ神話**」と呼ばれるものがある。それは、実情を調べてみればそんなことはないのに、強固に信じられている、性被害者に関する言説のことである。たとえば、「女性がひとりで夜中に出歩くなど、自ら危険に身をさらすようなものだ」（→「夜中にひとりで出かけたから攻撃を受けた」）や、「本当に嫌なら拒否や反撃ができたはずだ」（→「積極的に反対しなかったのは合意も含まれている」）、あるいは「被害にあいやすい女性は容姿の特徴が目立っている」（→「目立った容姿をしているから男性の視線を浴びやすい」）といった言い回しをあげることができるだろう。もちろん、これらは一部の例に過ぎず、他にも多くの「神話」が、現在もなお、当たり前のように信じられているのが現実だ。こうして考えてみると、ちせちゃんの問題も、この「レイプ神話」の一部と考えることもできるし、押谷さんもまたそうだ。押谷さんの問題は、ちせちゃんの場合よりも、さらに複雑であるとも言える。なぜならここには、「ぶすには被害者になる資格がない」と思い込ませるものの存在が見え隠れするからである。押谷さんは、実際にレイプの被害者だった。それだけですでに、彼女の人格と身体は、とことん傷ついているはずなのに、さらにそれに塩を塗るものが存在し、彼女に「恥」を押し付けてくる。この正体を解明し、明るみに出し、「それは違うだろう」と言い続けないことには、おそらく、この種の傷つき方がなくなることはないだろう。ぜひ、この正体の本質を問うてみてほしい。私たちを傷つける暴力の数々には、必ずや、同じ仕組みと言い訳が隠されているに違いないから。

## 「泣く女」をつなぐもの

最後に、外に出たきりこがちせちゃんと繋がった理由と、その効果について考えてみよう。すでに述べたように、きりこがちせちゃんを助けるために立ちあがったのは、「予知夢」を見たからだった。そして、きりこの「予知夢」に出てくる女性は、もれなくみなが「泣いて」いる。その仕組みに気が付いたきりこは、女性が泣いている夢を見ると、「あ、彼女がやってくる」と予想ができるようになり、それゆえにこの夢を「予知夢」と名付けているのである。ちなみに、ここでは、なぜきりこにこのような特殊技能が与えられたか

（あるいは、身に付けたか）、ということには立ち入らない。ぜひ、考えてみてほしい。

**「人の涙を誘う『何か』」**

ここで考えておきたいのは、なぜみなが「泣いて」いるのか、ということと、その涙がどこからあふれてくるのか、という問題である。その際に、物語後半に頻出する「涙」の場面の二種類を、ここに指摘しておきたい。ひとつは、きりこの「予知夢」のなかで、苦しみのあまり女性が流す涙であり、もうひとつは、実際にきりこに会った女性たちが、彼女を見て流す涙である。このふたつは、根本的に意味が違っている。ちせちゃんを例にあげてみよう。１０９頁に引用したとおり、きりこの夢に現れたちせちゃんは「バービー人形のような体をした裸の女の子が、泣いていた」と表現されるのであるが、実は、彼女が泣くのはこの場面だけではない。その後、ラムセス二世を従えて登場したきりこを見て、「ちせちゃんは泣いた」のであり、そのとき彼女は「初めて自分が『怖かったのだ』と、思い出した」のであった（１４３頁）。押谷さんも同様である。きりこは「たくさんの洋服に囲まれて、泣いている」（１７６頁）押谷さんを夢の中にみるのだが、やはり「泣く」場面はここだけではない。ちせちゃんときりこに会いにやってきた押谷さんは、彼女たちを見て泣く。泣きながら「押谷さんはきりこを、ちせちゃんを、じっと見つめ、見続け、そしていつしか、じっと、自分を見るように」なるのだ。きりこは「自分には、人の涙を誘う『何か』があることを、分かっていた」（１７９頁）と言うのだが、ここで流されているのは、泣くひと自身が「自分」を知る、あるいは、自分を回復する涙である、とでも言えばよいだろうか。

## 「自分」のための「自分」

では、この「何か」の実態はどういうものだろうか？と問いかけてみよう。もう一度、ちせちゃんの場合に注目してみたい。夢の中で苦しげに泣いているちせちゃんの様子を見たきりこは、苦しくて胸を痛めるのだが、ちせちゃんの痛みを理解できる理由については、「自分を自分で否定せざるを得ない絶望を、知っていた」からだと説明される。さらに、実は、ちせちゃんが泣く（正確には「泣きそうになる」）箇所がもうひとつあって、それは「あなたの心を取り戻す会」で、「あなたにも非がある」と攻め寄る久方さんに、あやうく論破されそうになる場面である。久方さんに理不尽に攻め込まれるちせちゃんを見て、きりこは「ちせちゃんの涙は、絶対に誰にも見せてはいけない」（156頁）と感じ、このように告げるのである。

「（…）ちせちゃんは、自分の体が何をしたいかをよく分かってて、その望む通りにしてるんやから、それは、大切にしてる、ていうことやと思う。自分のしたいことを、叶《かな》えてあげるんは、自分しかおらんと思うから。」

きりこは、すう、と息を吸った。

「自分しかおらん。」（156頁）

ここで何度も繰り返される「自分」というのが、キーワードであることは間違いないだろう。これは、きりこの「ぶす」の問題とも通じ合う、重大なテーマである。「自分」ということばには、いろいろなものが含まれていて、「容れ物」も自分の一部であろうし、「中身」もまた自分。「性交」をする「体」だって、自分の一部だし、それをどう使いたいか、どう大事にしたいかを決める頭や心もまた、自分だろう。悲しむちせちゃんを助けるために、きりこが立ち上がったのは、その「自分」を守るためだった。このことは、次のように説明される。

ちせちゃんは平等で、自由だった。
そんな彼女が、平等と自由を奪われたのだ。
きりこは、立ち上がらないわけにはいかなかった。（１４５頁）

そして、ふたりは約束する。「『自分』の欲求に、従うこと。思うように生きること。誰かに『おかしい』といわれても、『誰か』は『自分』ではないのだから、気にしないこと」（１６１頁）と。

その「自分」の総体の間に何かしらの「ずれ」が生じることがあって、その「ずれ」が深刻化するとき、この物語の中では、ひとは「涙」を流すのである。きりこがどうしても久方さんの前でちせちゃんに泣いてほしくないのは、ちせちゃんが経験した深刻な「ずれ」を再現させたくないからだろうと想像できる。ならば、彼女たちはなぜ、きりこを見て涙を流すのか。それはおそらく、きりこの姿にみずからのあり方の「ずれ」を修正する力を得て、こころから安堵するからではないだろうか。

## 4　あなたに「ラムセス二世」はありますか？

この章の最後に、少し変わった形の問いかけをしてみたい。それは、「あなたに『ラムセス二世』はありますか？」というものである。これに答えるためには、この物語を一度ならず、最初から最後まで読んでみないといけないし、そのうえで、「ラムセス二世」が何なのか？と考える必要があるだろう。確かに、簡単な答え（というか、「説明」）は存在する。「ラムセス二世は、『きりこについて』という小説に登場するオスの黒猫である」というのがそれだろう。だが、これだけでは「ラムセス二世」の役割や本質を説明したことにならないし、なにより、なぜこの黒猫が人間のことばを解し、きりこのサポーター役を果たしているのかという、本作品最大の「謎」にふれることはないからだ。もちろん、これは「フィクション」なのであるから、猫が話したって構わないと言えばその通りなのだが、そこに、何らか自分なりの「解釈」を見出してみるのも、「物語」を読むときの醍醐味のひとつだろう。

ここでは、受講学生たちが教えてくれた「解釈」のいくつかを、例として紹介しておきたい。とても簡単なワードで示してあるので、その「こころ」を読み解きながら、あなた自身の「ラムセス二世」に考えをめぐらせていただきたい。答8だけは、ひとりの受講学生のコメントを一部修正のうえ、ほとんどそのまま使わせてもらっている。

**問：あなたに「ラムセス二世」はありますか？**

答1：自分らしく生きるための指標。私には、ありません。

答2：自分の心を代弁してくれるもの。あります！

答3：自分の中にある鏡。今構築中です。

答4：自分の中の自分。絶対的な味方。あるとは断言できないです。

答5：自分を全面的に肯定してくれる味方。私には、ない。

答6：自分の本質。誰もが持っているが、気が付かないかもしれない。私自身は見つけられていません。

答7：客観的な視点であり、固定観念を一蹴するもの。私にとっては、ときどき顔を出すけれど、また消えてしまう存在です。

答8：猫であるラムセス二世は、人間が規定する「ぶす」（マイナスイメージの総称としての）に頓着することはなく、「自由」である。『きりこについて』において、ラムセス二世が登場することで、読者に、人間はなんて「自由」がない生き方をしているんだ、と気づかせる役割を果たしている。私は「ぶす」を気にしてしまうし、それによって「自由」を自ら失っている点もあると思う。ラムセス二世は、わかりやすい形で私の側にはいないが、今回『きりこについて』を読んだことが、ラムセス二世だと思う。他にも、本を読む、何か新しいことをしてみる、そして自分の価値観に影響を与えたものは、「ラムセス二世」であるのではないかと思う。（F）

# 第四章

# 『青年のための読書クラブ』（桜庭一樹）を読む

最後に扱う「物語」は、桜庭一樹の小説『青年のための読書クラブ』である。この作品は「聖マリアナ学園」という女子校（幼稚舎から大学まで）を舞台としているため、ジェンダーの視点から言えば、「男」と「女」のうち一方の性（＝男）が排除されることによって成立している物語空間、ととらえることができるだろう。しかし、実際に一方の性が排除されるかと言えば、ことはそう単純ではない。そういう「単純ではない」部分に焦点をあてることで、私たちの社会におけるジェンダーのあり方について、考察を深めてみたい。

## 1　五つの章の組み立てとつながり

まずは、この物語がどのように組み立てられているか、その骨組みを説明しておきたい。なにしろ、かなり複雑な構造を持っているので、問題点のありかをクリアに理解するためには、あらかじめ、見取り図のようなものを頭に入れておくほうが良いだろうと考えるからだ。

### 第一章　烏丸《からすま》紅子《べにこ》恋愛事件

【冒頭にあげられている作品】エドモン・ロスタン著『シラノ・ド・ベルジュラック』

【年代】一九六九年
【文責（読書クラブ員）】〈消しゴムの弾丸〉
【主な登場人物】
妹尾《せのお》アザミ……読書クラブ部長／学園一の才媛／小太りの醜い女学生／難解な古典文学を読みこなす／外見のゆえに生徒会に入れない
烏丸　紅子……転校生／ノーブルな美貌／違和感をもたらす／アザミにプロデュースされて学園の「王子」に選出される
村雨《むらさめ》　蕾《つぼみ》……並外れた巨乳の持ち主／尻軽を隠す／アザミを尊敬する
金田美智子……新聞部部長／「真性エス」

## 第二章　聖女マリアナ消失事件

【冒頭にあげられている作品】作者不詳『哲学的福音南瓜書』
【年代】執筆は一九六〇年だが、背景となる事件は一九一〇年代後半
【文責（読書クラブ員）】〈両性具有のどぶ鼠〉
【主な登場人物】
マリアナ……パリ郊外の貧しい農村に生まれる／父の影響で修道女に／一〇一九年に日本で聖マリアナ学園を創設／一九五九年に失踪

ミシェール…マリアナの兄／父の期待に沿えない不良学生／パリで「読書クラブ」を主催し、禁書を集める／マリアナがフランスを発つ直前に病死

**第三章　奇妙な旅人**

【冒頭にあげられている作品】シェイクスピア著　『マクベス』

【年代】一九九〇年

【文責（読書クラブ員）】〈桃色扇子〉

【主な登場人物】

長谷部時雨《はせべしぐれ》…読書クラブ一年生／リーゼント風のショートヘア／ボーイッシュ

高島きよ子…読書クラブ部長二年生／内気な性格／並外れた巨乳／強烈な女性性

扇子の娘たち…バブルに乗じて学園に入る／生徒会を乗っ取る／紫扇子は「王子」に／その後凋落して読書クラブ員に

少女キャパ…新聞部員／カメラを持ってどこへでも

**第四章　一番星**

【冒頭にあげられている作品】ホーソン著　『緋文字《ひもんじ》』

【年代】二〇〇九年

【文責（読書クラブ員）】〈馬の首のハリボテ〉
【主な登場人物】
山口十五夜《じゅうごや》…元伯爵家のご令嬢／目鼻立ちのはっきりした美貌／うっかり読書クラブに／後に軽音楽部に入りびたり、ロックバンド「人体模型の夜」のメインボーカルに／ルビー・ザ・スターとして「王子」に
加藤凜子《りんこ》……庶民の生まれだが十五夜の親友／成績優秀な転入組／読書クラブ部長／知的で神経質な少年風／ボーイフレンドがいる、と噂される

## 第五章　ハビトゥス&プラティーク

【冒頭にあげられている作品】バロネス・オルツィ著　『紅はこべ』
【年代】二〇一九年
【文責（読書クラブ員）】〈ブリキの涙〉
【主な登場人物】
五月雨永遠《さみだれとわ》…最後の読書クラブ員／色白小太り／「ブーゲンビリアの君」として女学生たちの名誉を守る／正体が謎のまま「王子」に選ばれる
曾我《そが》　棗《なつめ》……演劇部員／永遠の友人／「ブーゲンビリアの君」の謎を打ち明けられ、その内容を舞台で演じる

## 舞台となる年代について

『青年のための読書クラブ』は、五章から成る小説である。各章はゆるやかにつながっているが、内容的に、お互いが干渉し合うことはほとんどない。その意味では、それぞれの章が独立した「物語」を持っているとも言えるのだが、同時に、全体を貫いている「糸」のようなものが、ここには確かに存在している。つまりこの小説は、各章が持つ内容という「横糸」と、全体を貫く「縦糸」が、縒り合されてできていると考えて良いだろう。

「縦糸」の最たるものは、この物語の舞台が「聖マリアナ学園」という女子校である点だが、各章内の事件が起こる年代は、それぞれ大きく異なっている。一章から順を追っていくと、次のようになる。

一九六九→一九一九（一九六〇）→一九九〇→二〇〇九→二〇一九

こうしてみると、やたらに「九」という数字が目立つのであるが、それはおそらく偶然ではない。なぜなら、聖マリアナ学園という女子ミッションスクールが創立されたのが、一九一九年であり、その百年後の二〇一九年に幕を閉じるからである。第一章の一九六九年は、ちょうど半ばの五〇年に位置し、二〇〇九年は閉校の十年前にあたる。そう考えると、この小説は、学園の歴史を物語っていると言えそうではあるのだが、一から五という章立ては、時間の流れに忠実なわけでもない。ここではまず、一章と二章が、時間の流れとしては逆転していることを指摘しておく。

## 書き手について

次に指摘しておきたい「縦糸」は「書き手」の属性であり、それは共通して「読書クラブ員」だということだ。物語の舞台は女子高校なので、当然のようにクラブ活動に言が及ぶ。登場順にあげていくと、「読書クラブ」「生徒会」「演劇部」「新聞部」「テニス部」「弁論部」「バスケ部」「声楽部」「卓球部」「ソフトボール部」「サッカー部」「バトミントン部」「吹奏楽部」「放送部」「軽音楽部」「美術部」「詩歌研究部」といったところだ。ただ、注意しておく必要があるのは、この学園の「花形」クラブが「生徒会」と「演劇部」であることで、いわゆる「体育会系」のクラブ活動についてはほとんどふれられることがない。クラブ間に存在する上下関係や影響関係については、次節で詳細に述べるので、ここでは、書き手（「文責」と記される）となった読書クラブ員が、奇妙かつ意味深長なペンネームで示されていることだけを指摘しておく。

## 章タイトルとエピグラフについて

五章を貫く性質のひとつに、それぞれの章に付された、印象的な「エピグラフ」を挙げることができる。「エピグラフ」とは、書物の巻頭や章の始めに置かれる題字や、筆者が他の書物から引用してきたことばのことで、『青年のための読書クラブ』の場合、第一章であれば、章タイトルとして「烏丸紅子恋愛事件」があり、本文が始まる直前に、『シラノ・ド・ベルジュラック』（エドモン・ロスタン著）からの一節が七行にわたって引用されている。このように、ある作品の中に、別の作品の一部が取り入れられることは、文学の世界においては、特にめずらしいことではない。たとえば、和歌の作法のことを考えてみてほしいのだが、「本歌取り」とはまさしく、先に詠まれた優れた歌の語句や感興などをしっかり理解して取り入れながら、新しい歌へとつなげていく作業だと言えるだろう。

だが、作法や体裁としてめずらしくないとは言っても、理解や解釈が簡単であるとは限らない。「本歌取り」の場合であれば、元の古歌を充分に吟味できる知識と趣味が不可欠であるし、「エピグラフ」を味わうにもやはり、そこに示された作品の世界を広く理解している必要があるだろう。第五章であれば、バロネス・オルツィの手になる『紅はこべ』の一節が引用されているのだが、この二十世紀初頭にイギリスで発表された戯曲・小説が、大革命時に亡命を求めるフランス貴族たちを救った、匿名の義賊集団「紅はこべ」の活躍を描いた物語であることを知っていれば、その後に置かれた章の内容は、何重にも意味を含んで広がりを持つようになるに違いない。そう考えると、「エピグラフ」はかなりやっかいな存在で、物語に挑もうとする読者に、別の物語についての心得を問うてくるような力を持つ。たとえて言えば、ひとつの物語を読むつもりでページを開く読者の前に、実際には、想像以上の冊数の本がねじ込まれていた、というような具合だろうか。

もう一点、この小説の場合、章タイトルもまた、「エピグラフ」と同様の働きをしていることを付け加えておきたい。たとえば、第五章の「ハビトゥス&プラティーク」は、具体的にはこの章に登場する会員制喫茶店『習慣（ハビトゥス）と振る舞い（プラティーク）』を指しているのだが、この表現には出典があると考えられる。というのも「ハビトゥスとプラティーク」というのは、ピエール・ブルデューというフランスの社会学者が用いたことばとして知られているからで、簡単に言えば、身にしみついた習慣とその実践の形（「振る舞い」）のことを指している。つまり、『青年のための読書クラブ』は、それでひとつの「小説」としての形を成してはいるのだが、その中には、五つの独立した「物語」があって、さらにはそれぞれが別の「物語」を背景とした「エピグラフ」を持っているというわけで、都合、いくつの「物語」を私たちは数えれば良いのか、それ自体、判然としない。そういう意味では、この小説は、それだけで「図書館」（＝「読書クラブ」）のような形を持っていると言えないこともない。もちろん、「本歌」としての「エピグラフ」を完全に理解していなくても、私たちは物語を充分に楽しむことはできるのだが、こうした複雑な構造を持っていることに、まずは意識を向けておこう。

## 2　学園の権力構造とジェンダー

### 聖マリアナ学園の権力構造

『青年のための読書クラブ』には非常に多くのクラブ活動が登場することは先ほど述べたが、そのなかでも際立って目を引くのが、「生徒会」「演劇部」「新聞部」および「読書クラブ」の四つである。物語は主に、この四つのクラブに属する女子生徒たちと、「読書クラブ」におこった事件との関係を軸に組み立てられているのだが、なかでも興味深いのは、クラブ間に厳然と存在する上下関係である。

#### 花形クラブ「生徒会」と「演劇部」

物語の冒頭に近い部分に、次のような説明がある。

聖マリアナ学園のクラブ活動といえば、二つの花形があった。
一つは生徒会であり、これは学園の様々な行事を司《つかさど》る、いわば少女の姿をした政治家たちと言えた。家も政治に関わる職業のものが多く、成績優秀で、容姿もまた派手ではないが粒ぞろいの、知的な花々であった。

もう一つは演劇部であり、こちらにはスター性のある華やかな生徒が集まっていた。廊下を歩けば生徒たちが道を譲り、「ごきげんよう」と挨拶《あいさつ》を返しただけでちいさな下級生たちはきゅん、と胸を押さえた。ところで聖マリアナ学園には高等部の上級生に一人、〝王子〟と呼ばれる存在がいるものだったが、この王子もまた、演劇部の少女から選ばれることが多かった。

（桜庭一樹『青年のための読書クラブ』、新潮文庫、12頁）

ここでまず確認しておきたいのは、「生徒会」が学園を「司る」（＝支配する）役割を果たしており、そのあり方が「政治家」にたとえられている点である。つまり、ここに集う眉目秀麗かつ才気煥発な少女たちは、学園を統べるにふさわしいものたちと承認されているのであり、そこでふるわれる「力」が絶大なものであることがうかがわれる。次に「演劇部」だが、ここで重視されているのは「華やかさ」である。「王子」選定の過程からは、彼女たちが、乙女心の賞賛を受け止める「スター性」によって多くの人びとをコントロールする、これまたある種の「力」を持っていることが読みとれる。そう考えると、聖マリアナ学園のクラブ活動における「花形」とは、単に人気があるというだけではなく、「力」という実質を伴った様子を指していると言えるだろう。

### クラブ配置の東西南北

では、「新聞部」と「読書クラブ」との関係性はどうなのか。第三章を読んでみよう。

長らく、聖マリアナ学園生徒会は西の官邸と呼ばれ、選ばれし者だけが入室を許される聖域であった。黒煉瓦造りの荘厳な旧校舎五階に位置しており、いつの頃からか、四階から五階に上がる薄暗い階段の辺りに、生徒会一年生が門番よろしく立ち始めたため、一般の生徒は近づくことさえできなかった。東の宮殿と呼ばれるのが演劇部であり、古めかしい木造の体育館を占拠し、ドレスを身に着けては発声練習やダンスに明け暮れていた。ピンクのコンクリートでできた新校舎の隅にたむろしている新聞部が、北のインテリヤクザ。ちなみに、雑木林のそのまた奥の、聖女マリアナがナポレオン・アパートを模《も》して造ったもののように廃墟となった、おかしな赤煉瓦ビルに巣くう読書クラブのことは、南のへんなやつ等、と陰で言われていた気もするが、記憶が定かではない。（113頁）

ここに示された、四つのクラブ活動の関係図はとても興味深い。図式化すると、次のようになるだろう。

下線部：西―宮廷―生徒会―旧校舎（黒煉瓦）
二重下線部：東―宮殿―演劇部―体育館（木造）
点線部：北―インテリヤクザ―新聞部―新校舎（ピンクのコンクリート）
破線部：南―へんなやつ等―読書クラブ―廃墟（赤煉瓦）

古来、方角にはさまざまな意味が持たされていることが知られていて、たとえば、仏教では「西方」に浄土があると考えられているし、キリストの誕生を見極める三賢人は「東方」からやってくることになっている。奈良で学んでいる私たちは、平城宮の南側に、正門にあたる朱雀門が置かれていることをよく知っているし、東大寺の伽藍が、方角に従って美しく配置されていることを知っている。聖マリアナ学園の四つのクラブは、あたかも寺院の伽藍配置のように、それぞれの場所に据えられ、それぞれに何かを象徴する機能を持たされているようである。

そのなかで、西に位置する「生徒会」と東に位置する「演劇部」は、先ほども述べたように、実態のある「力」を持って、学園に強い影響力を及ぼしている。では北に位置する「新聞部」はどうだろうか。彼女たちが「インテリヤクザ」と呼ばれるのは、そこで発揮される「ペン」や「カメラ」による「知的な」影響力のゆえだろう。この作品のなかで、新聞部は主に「情報」を作り、操作し、広める役割を担っている。たとえば、第一章において、「読書クラブ」にやってきた新入り烏丸紅子を「王子」にせんと画策する部長・妹尾アザミは、ライバルを蹴落とすために新聞部長に貢物を差出し、悪い噂を広めるように交渉している。このように、新聞部はペンを用い、風聞といったものによって学園に影響を与えることが可能なのであり、これもまた、一種の「力」とみなしてよいだろう。

ならば、「読書クラブ」は何なのか。端的に言って、何でもない、というのが答えだろう。彼女たちは「南のへんなやつ等」と呼ばれ、部員も増えたり減ったりと一定せず、最終章では五月雨永遠たったひとりを残すのみになっている。彼女たちは「廃墟」をねぐらとし、そこで何をしているかといえば、ただお茶を飲み、本を読んでいるだけである。そのことを説明して、第一章では「少女たちにとって生徒会や演劇部、弁論部こそが英国における紳士同盟であり、そこに所属することを当然とし、誇りを持っていた。読書クラブはたとえるなら、ダウンタウンの薄汚れたパブだった」(30頁)と語られる。つまり、「読書クラブ」は、そこに帰属することをことさら意識するような、権威付けられた場所ではなく、どこにも属さないものたちを集わせる、いわゆる「掃き溜め」のような機能を持っていると言えるだろう。つまり、四つのクラブのうちここにだけは、「力」を振るう源が欠けているということだ。

## 立場を決めるもの

では、彼女たちの立場を決定している要因は何だろうか? これも、第一章を使って、その構造を考えてみよう。

### 「異臭」の紅子

第一章の主人公にあたるのは、部長の妹尾アザミである。学園に転入してきた烏丸紅子が部室をたずねてきて、アザミがその存在を受け入れるところから物語が始まるのだが、もともと紅子は読書クラブに入りたかったわけではない。紅子は、まずは生徒会に興味を示し、次いで演劇部を訪れてみるのだが、いずれからも拒否される。その理由は、彼女から「異臭がした」(10頁)というものであった。この「異臭」の発生源となっているものは何か？　それは、彼女の「出自」である。紅子は、見かけは「長身で、ノーブルな美貌《びぼう》を持つ少女」なのだが、学園の「良家の子女」たちの高慢さにかかっては、その「異臭」がかぎつけられてしまう。いわく「貧乏の匂い」「すえたドブ板の匂い」「傷《いた》んだ果物の匂い」「生きの悪い魚の匂い」（10頁）と、あくまでも辛辣で、それをもたらしたものは、彼女の母の存在である。元子爵家の三男であった父が「若気の至りで大阪の女を孕《はら》ませ」た結果が紅子であるが、母は「大阪の道頓堀《どうとんぼり》で串《くし》カツ屋を営む中年女」（11頁）であり、庶民中の庶民だった。その紅子が聖マリアナ学園にやってきたのは母親が亡くなったからで、身寄りを失った彼女を、父がこの学園に放り込んだのである。

ここからわかることは、「生徒会」も「演劇部」も、「異臭」のする存在は受け入れないということであり、その「異臭」は、真に「ノーブル」な少女たちによって、感覚的に理解されるということである。「異臭」の元が「出自」である限り、それが消え去ることはなく、紅子はいかにしてもその評価から解放されることはない。その結果、流れ着く先が「読書クラブ」なのであれば、それはこの場所が、そうした行き場のない者が引き寄せられる坩堝《るつぼ》であることを意味するだろう。

## 「異形」のアザミ

では、一方の妹尾アザミはどうか。彼女は紅子と違って、幼稚舎から学園に通い、父は財界の大物、母も学園の出身者である。その意味ではアザミの「出自」は極めて良好で、彼女から「異臭」が漂うわけはない。彼女が「読書クラブ」にいる理由は、その「異形」であった。「不幸にも不細工な父に似て生まれてしまった」ために、アザミは「背が低く小太りで、額がピカピカに光り、夜の町をさまよう下衆《げす》な親父《おやじ》がそのままクリーム色の乙女の制服を着たような、悪趣味な幻影の如き姿」なのである（16頁）。つまり、彼女の弱点は、その外見であり、その醜さゆえに「読書クラブ」という掃き溜めに甘んじなければならない。学園一の才媛で、成績も常にトップだったアザミは、「高等部では生徒会に入りゆくゆくは会長として学園に君臨したいと考えていたが、容姿の醜さゆえに先輩たちに受けいれられず、流れ流れて場末の読書クラブにたどり着いた」（16頁）のであった。

　ということであれば、この学園の上下関係は次のようになるだろうか。

最上層：生徒会
上層：演劇部
中層：新聞部ほか
下層：読書クラブ

これに、「出自」と「容姿」という構成要素が加味される。容姿端麗であっても、出自が問題であれば、上層に所属することはできない。一方で、出自に問題がなくても、容姿が優れていなければ、上昇は望めない。このどちらも兼ね備えているものだけが「学園という社会の権力者たる少女たち」（１９９頁）と認定され、「生徒会」を成すのである。また、ここでは、学業成績といった、教育の現場でわかりやすい尺度とされるものに、ほとんど配慮がされていないことに注目しておこう。アザミの例が示すように、成績がトップであっても、出自に問題がなくとも、容姿の醜さが原因となって、下層にとどまらざるを得ないケースが存在するのだ。

## 「権力」のジェンダー的側面とは？

ここまで、学園における四つのクラブの上下関係について考察してきた。その際、上層部にあるクラブには「力」が備わって、この場に大きな影響力を与えていることが理解できた。

### 女子生徒たちの立場

だが、もう少し外側にまで視線を向けてみると、「力」を生み出す構造が、そこにとどまるわけではないということもわかってくる。なぜなら、四つのクラブに属する生徒たちは、あくまでも「生徒」なのであって、学園全体を支配するものではない。生徒たちを指導する先生たちがいるし、ミッションスクールであるからには、ここには修道女たちも存在する。彼女たちはみな、生徒たちを管理する立場にあるから、上下関係からすれば、上に立つひとたちということになるだろう。さらに、学園には創設者としての「聖マリアナ」という、ヒエラルキーの頂点が存在する。彼女を頂点とした大きな三角形の構造によって、学園が成り立っていると考えてよいだろう。

さらにその外側にまで視線を向けてみよう。作品のなかで、聖マリアナ学園はしばしば「乙女の楽園」と形容される。この意味するところは、外側の世界からは隔絶され、独自の限定された価値観の中で運営される小空間ということである。しかも、この場所には「聖マリアナ」を頂点とする女性しかいないのであって、外の大きな世界からすれば、吹けば飛ぶようなちっぽけな存在でしかないということにもなろうか。加えて、学園の少女たちの位置づけを決定する要因に思いを致せば、それらがすべて、彼女ら個人に起因するものではないということに気が付いてしまう。生徒会の少女たちを権力者たらしめているのは、彼女らの親が実際に政治家をはじめとする、社会の上層部（あるいは指導的立場）にあるという外的条件であって、少女たち自身によるものではないのである。

**女子生徒に「権力」は可能か？**

この状況を、ジェンダー的な問題として読むなら、どのような解釈が可能だろうか。ひとつには、そもそも「力」の持ち主として女性が想定されることが、果たしてどのくらいあるだろうか、という問題がある。上下関係にある（「階層化されている」と言い換えてもよい）人間集団の中にある支配・被支配関係を観察するとき、「支配」する側には圧倒的なパワーが存在し、私たちはそれを「権力」と呼ぶ。これは常に一方通行の関係の中に生じるものであって、よほどのことがない限り、上位が揺らぐことはない。そして、これがもっともよくあてはまるのが、男性を上位に置き、女性を下位に据えることで完成する「**男性中心主義社会**」であろう。であるならば、ジェンダーの視点を持ってすれば、権力があるのは常に男性側であり、女性側にはそれはない、ということになってしまう。

そう考えてみると、学園の中に厳然と存在するかに見える「権力構造」は、一方で、そこに集う女子生徒たちをがんじがらめに縛りながら、他方では、社会的に何ら効力のないものとして無化されてしまうようなものとも解釈できる。しかし、そこには同時に、外の社会の反映（学園の政治家は、実社会の政治家の娘たち、といった点で）という、とてもリアルな側面が含まれていないわけではない。このように、実社会においては、ほぼ「権力」を持たない「女子」だけが集う空間には、きわめていびつな上下関係と、まるで何かを演じているような、絵空事のような権力図式が生じることを、この小説は説いてみせてくれるのだ。

## 3 「王子」の存在感

ここからは、『青年のための読書クラブ』における、性別の倒錯について考えてみよう。まずは、聖マリアナ学園で毎年選出される「王子」について、である。すでに引用したように、学園では毎年ひとり「王子」が選ばれることになっている。語の本来の意味において、「王子」は王の息子であるわけで、女子校におけるそれを性別に従って選ぶなら、「王女」（あるいは「姫」）になるはずであろう。ここにすでに、性別の「倒錯」（さかさまになること）が起こっていると言えるのだ。

## 「王子」とは何か？

まずは、聖マリアナ学園における「王子」がどのような存在か、少し長いが、第一章の説明を読んでみよう。

王子とはいわば蟻塚《ありづか》の女王蟻、ハレムにおけるスルタンであった。女生徒たちの多くは恋愛の夢のような部分に憧《あこが》れながらも、現実の男性には強い嫌悪感を抱いていた。彼らからはやはり、異臭がしたからである。汗と脂《あぶら》の匂いが。精液の匂いが。薄汚れたロマンチックの匂いが。少女たちはなによりそれを軽蔑《けいべつ》した。そのため年頃の、抑圧された性欲を抱える女ばかりの楽園には、捌《は》け口となる、安全で華やかなスターが必要であった。選ばれた一匹の雌が女王蟻になるように、学園には常に〝偽の男〟が一人いた。王子は三年生になると引退をし、新しい二年生から一人が選ばれ、かりそめの王座に君臨することとなった。（12―13頁）

### 「疑似恋愛」の必要性

ここには、いくつか興味深い点を指摘することができる。ひとつは、少女たちが「憧れ」を抱く対象の必要性である。この「憧れ」の根底には「恋愛の夢のような部分」があることが本文中に明記されているのだが、これは何を意味しているのだろうか。この問題について、「読書クラブ勉強会」（『青年のための読書クラブ』についても、授業後、受講学生たちが集まって勉強会を行った)では、次のような意見が出された。いわく、「少女には恋愛を夢見る力が必要で、それは後になって異性の誰かを求めるための布石となるから」(H)というものである。こうして現実の「異性愛」的側面を排除しながら、「誰か」を求める姿勢だけを養うことは、その後の結婚相手を選ぶ際の、ある種の予行演習になる。誰かを求めるという、恋愛に必要なファンタジーを満足させつつ、同時に、相手には決して触れないという「憧れ」にとどめることで、彼女らの「疑似恋愛」はみごとに成就すると言えるだろう。

## 「偽の男」である理由

次に重要なのは、相手が「偽の男」であることだ。ただ、ここで注意が必要なのは、学園の生徒たちが求める「王子」が、現実には存在しない「男子生徒」の代用ではない、という点である。彼女らは「現実の男性には強い嫌悪感」を抱き、その原因として「異臭」があげられていることに注目しよう。「異臭」を漂わせていた人物のひとりに、紅子がいたことを思い出してほしい。彼女の発する「異臭」の源には後ろ暗い「出自」があったが、現実の男が発する「異臭」は「汗」「脂」「精液」「薄汚れたロマンチック」から生じている、とされている。さて、この「異臭」の発生源に共通しているものは何だろうか?と問いかけてみてほしい。

その答えとして、ひとつには、「現実」をあげることができるだろう。「現実」とは、生身の男性の身体ということであり、そこに生じるであろう、さまざまなやりとりであり、その結果起こるであろう、さまざまな結末のことである。「うつくしいものにこそ至上の価値があるとする、閉ざされた乙女の価値観の楽園」（201頁）においては、生きた男の発する匂いを直接吸引することは、あまりに危険すぎるのである。「王子とは、性器を持たない男性」（D）だと指摘した受講学生がいたが、まさしくそれが、学園の女子生徒たちが求めるものなのではないだろうか。

ただ、ここで、もうひとつ考えておくべきことがある。彼女たちの「性欲」を「抑圧」するのは何か（あるいは誰か）？という問題である。ある受講学生は、「学園に集う女子たちは、性欲を持つ自分を認めきれない」のだとし、もしそれを「実際の男にぶつけてしまうと、それが現実になってしまうから。その勇気はない」（A）のだと判断する。一方で、「おとぎ話に出てくるような清潔で純粋でさわやかな（＝健全な）王子を対象とすることで、女子生徒たちは自らの性欲や恋の夢を発散させることができる」（G）とする受講学生もいた。少女たちは潔癖にも、自ら進んで自身の「性欲＝異臭の元」を抑圧しようとするのだろうか？　それとも、あるべき「清潔さ」を強いられて、それを内面化しているのであろうか？　このふたつの解釈の間には、おそらく、相当に深い溝があるに違いない。

## 「かりそめ」の王座

最後に、王子が「かりそめ」の存在であることの意味について考えてみよう。聖マリアナ学園では、二年生の中から「王子」がひとり、生徒会による厳正な投票の結果選出されるが、任期のようなものは非常に短い。翌年になれば、また別の二年生が「王子」になって、前任者は忘れられるというのが常である。

つまり、この「王子」に実質らしいものは何ら求められないのであって、その意味では、代替可能な「容れ物（者？）」のような存在であるとも言えるだろう。では、「王子」に必要なものは何か？　ただひとつ、少女たちの憧れという、その一点のみである。「王子」となるためには、華やかなスター性が求められるが、これだけでは充分ではない。加えて、少女たちの票を多数獲得しなければならないのであって、そのためには、瞬間的にせよ、絶大な「人気」を必要とする。ある受講学生は「王子とは人気を表すものであり、人気とは大衆に支えられるもの」（B）との構図を示したが、それを別のことばにすれば、「大衆のもつ欲望」とでも言えようか。この構図は、いわゆる「アイドル」が作られるときにも出現するものであろう。「アイドル」は、その個人の資質が問われるのではなく、「大衆」が発散する欲望の対象になりうるかどうかによって、その存在意義が決定するのである。

## 「王子」という「幻」

それでは、ここからは、「王子」という存在に託されたものについて、第一章を掘り下げて分析してみよう。

### 「男がいる」教室の誕生

先にも説明したとおり、第一章では、読書クラブ部長の妹尾アザミが暗躍し、「異臭」ただよう紅子を、見事、「王子」に仕立て上げるのだが、その経緯とは、こうである。その醜さゆえに、生徒会という権力機関から排除されたことに怨みをもつアザミだが、自らが「王子」になりえるわけもない。そこに、外見だけはノーブルだが、内実が伴わぬ紅子が現れたため、彼女をプロデュースし、王子に上り詰めさせることで、復讐を計ろうと企てる。当初は、周囲の少女たちに軽蔑されていた紅子だが、アザミの命令を実行することで、影のある「不良少年」へと華麗な変身を遂げる。

教室に一人、男がいる。

そう気づき始めたのは九月の終わり。一ヵ月のあいだ烏丸紅子はほとんど口を利《き》かず、相変わらず誰とも目を合わせずに過ごしていた。だが、所作が違った。かもしだすのは、色気だった。(…)紅子はずっと黙っていた。ただそこにいるだけで、行動を起こさなかった。静かに、静かに。不良少年が教室にぽつんとまぎれていることに女生徒たちは気づき始めた。(28頁)

ここに描かれているのは、紅子の振る舞いによって影響され、そこに「偽」ではあるが、「男(不良少年)」を感じ、価値あるものとして認定していく少女たちの心の動きである。振る舞いは確かに、振る舞う側が意図して行っているものではあるが、その価値を見出すのは、振る舞いを「見る」側であることがよくわかるだろう。その結果、つい先日までは爪弾きにされていた紅子が、少女たちの憧れを一身に受け止める存在となるのである。

## 少女たちの抱く「幻」

では、少女たちの憧れの「核」に存在するのは何なのか。

青年たるもの。青年たるもの。青年たるもの。我ら少女の心の中にしかおらぬ、伝説の生き物。つまりは珍獣。紅子はそれになりきった、否《いな》、紅子の細いからだにそれが降臨した。それは少女たちの祈りによって聖マリアナ学園で生まれ肉体を持たず上空をむなしく彷徨《さまよ》い、入れ物たる少女のからだをみつけては降臨する、幻であった。少女たちに選ばれる王子とはつまり、その、代替可能な入れ物であったのだ。（36頁）

ここに言われる「青年たるもの」が、具体的に、生身の身体を持った男性であるとは考えにくい。「幻」という表現は、抽象化されすぎていて、いかにもわかりにくいのだが、「我ら少女の性とはつまり、幻に向かって飛ぶ衝動であり、それは生殖の義務をともなわず、ただ悲しみと死の気配が濃厚に香った」（36頁）という一節からは、それが、いったん外に出ればいやおうなく襲い掛かってくる「女」というあり方を感じずにすむ、ある種の「保留」を約束するもの、ということが想像される。この「保留」された時間や空間にいる限り、少女たちは、自らの「性」を直視することなく爆発させて、それでも自由かつ快活でいることができるのである。

## 「幻」が消え去るとき

そうであるならば、この「幻」が消えてしまえば当然、外側の入れ物である「王子」もまた消えてしまう。美貌の友人クリスチャンの内面をプロデュースし、恋しいロクサーヌとの愛を成就させたシラノ・ド・ベルジュラックばりの活躍で、アザミは一旦は、紅子の「王子」化に成功するが、それはほんの一時のことに過ぎなかった。なぜなら、紅子はあくまでも、「異臭」を漂わせる存在であって、その本質は何ら変化していないからである。彼女にとって「王子」の振る舞いとは、アザミに与えられた役柄であって、彼女の口から語られるのは、アザミが用意した台詞に過ぎない。このプロデュースされた「幻」が、あっけなく崩壊するのは、無理もないことだと言えるだろう。では、紅子が失脚する理由は何か？　答えは、「不純異性交遊」（48頁）である。

紅子はついに本物のサムワンをみつけ満ちたりたのだが、そのサムワンとは同性の親友ではなく、初めての男であった。つまり紅子は最初から、女であったのだ！　ここにやってきたときから。転入した十五歳のあの日から。女で、女で、女であったのだ！　異臭の正体はそれでもあった。紅子は恋人とむつみあい孕《はら》んで、学園を中退して結婚することを選んだのだった。（49頁）

ここで興味深いのは、「異臭」の正体として、彼女が「女」であったことがあげられていることだろう。冷静になって考えてみれば、聖マリアナ学園は「女子校」であるのだから、そこに集う生徒たちがすべて、性別としては「女」であることは当然だろう。であるにも関わらず、紅子はその「女」という属性によってこそ、乙女たちからの排斥にあう。紅子が「女というものの幸せ」について、夫とふたりで作る「幸せな家庭」を思い描きながら学園を後にするとき、無数の声が叫ぶのは「死ーね！　死ーね！　死ーね！　死ーね！」（50頁）という罵倒のことばなのである。ここで求められているのは、おそらく、紅子自身の死、というわけではないだろう。「幻」の受け皿であったはずの「王子」が「女」を取り戻してしまうのを目撃するとき、そこには、自分たちとはかけ離れた（だが、世間的に言えば常識的な）立場から「夢」を破壊する者の脅威が感じとられる。鋭敏な少女たちは、そうしてやってくる「破壊者」に対し、渾身の力で「死ーね！」と叫ぶよりほかないのであろう。

「読書クラブ勉強会」では、「王子は大衆に夢を与えることができなくなれば、それでおしまい」（H）という意見や、同様に「王子は大衆の反応と一心同体の関係」（D）との考えが示されていた。ここで言う「大衆」とはもちろん、閉ざされた「乙女の楽園」である聖マリアナ学園の女生徒たちのことを指している。こうして考えてみると、「少女」たちの夢が、いかに倒錯に満ちているかがよくわかる。それはもしかすると、過酷な現実（学園を出て、女になって、結婚して、家庭を持つといった、一連の性別役割遂行を含む）への、精一杯の抵抗と考えることもできるかもしれない。

そして、もうひとつ付け加えておくなら、紅子の「異臭」の原因に、「出自」と「女」が混在していることに、注意を向けておくべきだろう。

## 「ぼく」と「わたし」の間

次に検討する性別の倒錯の問題は、「ぼく」という一人称に関するものである。

### 「ぼく」という一人称

第一章では、部室にやってきた紅子に対しアザミが「ようこそ、読書クラブへ。ぼくたちは君を歓迎するよ。烏丸紅子さん」（19頁）と呼びかける。そして、王子を演じる紅子もまた「ぼくは思うのです」（45頁）と、「ぼく」語りを身に着けていく。第三章でも、部長の高島きよ子は「女性性の強烈さではほかの少女たちを圧倒する存在」（115頁）であるものの、「ぼくたちは辺境の住人だが」（135頁）といった話し方をし、彼女の相棒の長谷部時雨も「ぼくは開けるぞ」（129頁）と発言する。第四章でも同様で、部長の加藤凜子は「ぼくにわかるわけがない」（160頁）と言い、親友で後に「王子」に選ばれる山口十五夜も「ぼくたちの日々は平凡そのものだ」（154頁）といった語り口である。第五章に登場する、最後の読書クラブ員五月雨永遠もまた「ぼくは気楽な読書クラブにいるから」（216頁）と、「ぼく」で語っている。その他にも、歴代の王子たちは――これはその「王子性＝疑似男性性」を確保するためでもあろうが――みな、「ぼく」の語りを用いている。

### 「ぼく」は女か？

では、学園のすべての女生徒が「ぼく」使いなのかと言えば、決してそんなことはない。たとえば、第五章の五月雨永遠と演劇部の友人・曾我棗との会話を読んでみよう。

「だけど、五月雨さん。来年からは演劇部もまた男女合同になってしまうのよ。そうしたら男の役は男の子が演じることになるわ」

「べつにいいじゃないか。もともと、男は、男なんだから」

「いやよ、絶対。それに考えてもみて。わたしたちが好む演目を、野蛮で意地悪な男の子があざ笑って、囃《はや》したてるかもしれないわ。王子を、姫を、恋のときめきを。あぁ、わたしは男の子なんて大きらいだわ」

（…）

「さぁ。ぼくは気楽な読書クラブにいるから、よくわからないよ……」

「まぁ。気楽でいいわねぇ。あいにく、夢を司《つかさど》る者の責任はとても重いのよ。それに今年はＯＧの妹《せの》尾《お》議員も来賓でいらっしゃるしね。あぁ、ぜひとも工夫しなくては」（２１５―２１６頁）

第五章では、聖マリアナ学園が百周年を境に、系列の男子校と合併して共学になることが決まっている。そのことによって生じる事態を憂えて語る棗のことばには、「野蛮で意地悪な男の子」や「男の子なんて大嫌い」と言った、これまでに観察してきた乙女たちの心情と同時に、演劇部が「夢を司る」役目を担っていることが明確に表現されている。それとともに注目すべきは、「ぼく」で語る永遠の調子と、「わたし」で語る棗の調子とに、ジェンダーがクリアに表れている点である。永遠は「〜じゃないか」といった「男ことば」に近い話し方をしているのに対し、棗は「〜なるわ」「〜だわ」といった「女ことば」に顕著な語尾という具合に、性別がはっきりと分けて使われている。

再度確認しておくが、この会話は、女子高校生の間で交わされているものであり、男子生徒と女子生徒によるものではない。ではなぜ、「ぼく」使いの女子たちが、このように目に見える形ではっきりと描かれているのだろうか。「読書クラブ勉強会」では、一般的に「ボクっ娘」と呼ばれる、「ボク」を一人称として語る少女たちは、多くの場合、自分たちが女子であることを放棄する意図は持っておらず、むしろ、「女性性」を保ちながら、差異を発生させる手段として「ボク」を使っているというような議論があった。しかし、『青年のための読書クラブ』において「ぼく」を使う女生徒たちは、自分たちが「女」であることをほとんど意識しておらず、「女性ばかりの交流のなかでは、まだ女になりきれておらず、そのために『ぼく』という一人称を用いるのではないか」(G)という考えも示された。つまり、この論法で行けば、作品内の「ぼく」使いの少女たちが「わたし」に切り替わる場面とは、「現実の男と関わるとき」(G)と言えるのではないか。

その証拠に、アザミによって「王子」を演じさせられていた紅子が学園を去るとき、彼女はこう言うのである。「わたしはいま、幸せです。みんなも男の人と出会って、幸せになることを願います」(49頁)と。「ぼく」から「わたし」への転換の、なんと見事なことよ！

## 「聖マリアナ」の性別

この節の最後に、本作品最大の「倒錯」が登場する、第二章についてふれておきたい。

本章の「1　五つの章の組み立てとつながり」を見ていただければわかるように、実は、この小説の中で「第二章」だけは、他とは異なるスタイルと内容を持っている。まずは、時代的に、現代よりさかのぼること百年の昔を扱っているし、時系列的に言っても、第一章と第三章の間に位置するわけではない。そもそも、本章の主たる登場人物は学園の創設者とされるマリアナとその兄ミシェールであって、厳密な意味で言えば、学園の「読書クラブ」をめぐる物語とは言えないかもしれない。だが、ここまではごく些細な問題であって、最も重要かつ衝撃的なのは、ここでほのめかされている「マリアナ／妹＝女性」と「ミシェール／兄＝男性」という二人の、性別の倒錯の件である。

### 「兄」と「妹」の交代

〈両性具有のどぶ鼠〉という、示唆的なペンネームの持ち主が書いたとされる第二章には、乙女たちが学ぶ「聖マリアナ学園」がどのように誕生したかという、その成り立ちが語られる。一八九九年、パリ郊外に生まれたマリアナの、父親は小さな村の助祭であった。娘の中に自らと同じ求道的な性質を見た父親は、彼女を修道院に入れることで、その資質が花開くことを期待した。一方、兄のミシェールは気楽で不遜な性格で、五歳のとき「神はいないと叫んで父親に強く罰せられ」(59頁)ると、長じてはパリに出て無頼の都会生活になじむようになる。兄妹はお互いを思いあっていたので、まったく疎遠になるということはなかったが、ここまでは、ふたりの進む道が交わるようには見えなかった。

それが一九一四年初めのこと、ふたりの人生が思わぬところで交差することになる。かたや、修道生活に力を入れ、遠く極東の国(=日本)に出かけ、教育機関(=聖マリアナ学園)を運営、教育者となる目標を持つ妹に対し、かたや、パリの場末に、罰当たりな禁書ばかりを集めた「哲学的福音南瓜」という名の「読書クラブ(キャビネ・ド・レクチュール)」を運営する兄。このふたりが、パリで再会したとき、予想もしなかった事態が出来する。異国への出発を控えたマリアナが見舞いに訪れたとき、兄はチフスの高熱に浮かされ、まさに瀕死の状況であった。その夜、聖マリアナは神に祈り、「兄の代わりにどうかわたしを天にお召しください」(92頁)と願い、翌朝目を覚ましたミシェールは驚愕する。朝の寝床には、病から解放された自分自身と、冷たくなった妹がいたのであった。

## 逆転の意味するところ

そしてミシェールはどうしたか? 読書クラブを経営する仲間に頼んで、亡くなったマリアナを、自身=ミシェールとして埋葬し、自らマリアナとなって、日本に旅立ったというのである。そこからは、聖マリアナ学園の正史が語ることになるのだが、この事実は、決して見破られることもないし、誰に打ち明けられることもない。ではなぜ、「読書クラブ」のメンバーが、この事実を知るにいたったか? それは、「聖女マリアナ消失事件」に端を発する。学園が創設されて四〇年が経った一九五九年、聖マリアナの巨大な銅像が建設された年、突然、マリアナが失踪したのであった。代わりに学園に現れたのが、少し足をひきずる「掃除夫の老人」（102頁）。当時の「読書クラブ」部員のひとりが、この老人と親しく話をするようになって知るのだが、実は、このひとが消失したマリアナ、つまりは彼女の身代わりになったミシェールそのひとだったのである。いわく、創設から四〇年、不慮の死によって命を失ったときに、マリアナであるはずの肉体に、男性＝ミシェールを見出されることを恐れて起こした消失の事件であったと。

この事態を解釈して、受講学生のひとりは、このように分析している。「第二章で起こっている性の逆転は、非常に複雑である。まず、第一にミシェールは男である。生物学的に雄である。そしてマリアナは言うまでもなく雌である。しかしその精神においては、ミシェールが『娘のよう』である一方で、マリアナは『息子のよう』である（64頁）。この時点で、二人の性は一度倒錯しているのだ。ここからさらにミシェールは、自分のために死んだマリアナに成り代わることを決意する。よってミシェールは『男であるにも関わらず、男のような精神を持った、男ではない者』を演じることになった」（D）。だからこそ、「王子」の選抜システムは、マリアナ（＝ミシェール）が消失した翌年に始まらねばならないのである。「男でないにも関わらず、男のような精神を持った、偽の男」という、ミシェールのお手軽な代用品を求めるために。

さらに付け加えて言うなら、同じ第二章において、クラブ員たちが「その昔、第一次世界大戦が終結した直後のパリにおいて、流行病であっけなく死んだのはマリアナではなく、彼女が愛したふがいない兄その人なのではないか。兄を亡《な》くして狂った修道女が、ミシェールというペルソナを得て、四十年のうちについにそのペルソナに取ってかわられたのではないか」（１０７—１０８頁）という読みを提案していることも重要だろう。もう一度整理してみよう。つまり、「聖女マリアナ」の中身はその兄「ミシェール」であったのか、なかったのか。さて、このあいまいさによって、学園の本質への、私たちの理解は変わるだろうか？部室のある廃墟が、その昔、ミシェールがパリで「読書クラブ（キャビネ・ド・レクチュール）・哲学的福音南瓜」を開いていたナポレオン・アパートを模して造られたものだと知れば、「読書クラブ」そのものの解釈が変わるだろうか？　あるいは、ミシェールの、男とも女ともつかぬ、まったくジェンダー不明のあり方が、「聖マリアナ学園」の複雑なジェンダー／権力構造への理解を深めるであろうか？　疑問と謎と探究のネタは尽きない。

## 4　読書クラブ員に告ぐ！

では、本章の最後に、「読書クラブ」に与えられた役割について、ジェンダーの視点から検討しておこう。

### 「読書クラブ」の立場

すでに何度も指摘したとおり、「読書クラブ」は数あるクラブ活動の中でも、最も下層に位置づけられている。その理由のひとつとして、すでに、「読書クラブ」の持つ「ダウンタウンの薄汚れたパブ」のような「場末感」をあげたが、クラブがこのような性質を持つのは、クラブ員たちが「異形」や「異臭」といった「異」なるものによって特徴づけられ、権力の中央から弾き飛ばされているためである。

**「無害」かどうか**

また、第三章「旅人」では、かりそめの栄華を誇った三人の「扇子の娘たち」(一九八〇年代のバブル期にブームになった、扇子を振ってディスコで踊る娘たちになぞらえて、このように呼ばれる)によって、「読書クラブ」はこのようにも評される。

「君たち、知ってるか。学生の中で、もっとも頭のよいものは社会に興味を持つのだ。大人になると政治家になり、企業人になっていくのだ。二番目のやつらは、哲学に走る。三番目が文学。いちばんだめなやつらが無政府主義者となるそうだ。君らはさしずめ、三番と四番の寄せ集めだなぁ」(139頁)

ただ、注意しておく必要があるのは、この直前に「生徒会は結局、読書クラブを反社会的集団とも無政府主義者とも言えぬ、ただの無害な趣味人だと位置づけ」(139頁)ている、とあることだ。つまるところ、「読書クラブ」に集う面々のほとんどは、「無害な」「文学」「趣味人」ということになるだろうか。

だが、果たして「読書クラブ」は、ほんとうに「無害」なのだろうか? 先に「権力」について検討した際、「権力」とは常に一方通行の関係の中に生じるものであって、よほどのことがない限り、上位が揺らぐことはない、と述べたが、例外がないわけではない。下位にある側が上位を狙って転覆させようとするとき、そこに生じるのが「革命」である。であれば、「読書クラブ」は「革命」を準備する揺籃《ようらん》の場と成りえないこともない、と言えるだろうか。そもそも、「読書クラブ」の真（でありかつ「裏」）の創始者である「ミシェール（マリアナ）」が、パリで扱っていた書籍を思い出してみるとよい。

「哲学的福音南瓜」クラブに集められた本は、ルイ王朝が崩壊する前のフランスに溢れた禁書であった。（…）もとは娯楽の面が強かったが、王制末期になると、革命の必要を説く思想、自由とはなにかを呼びかけるアジテーションの役割も果たし始め、地下流通するごとに言葉の力は濁流《だくりゅう》の如く増していった。（72―73頁）

ここで注目しておく必要があるのは、「言葉」をあつめた「書籍」とそれを「読む」という行為が、どのように理解されているか、ということである。これを単に「無害な趣味」と切って捨てておく者は、おそらく、「権力者」としては一流とは言えないだろう。

## 「女」という「青年」

最後に、さらに、考えを深めておきたいのは、「読書クラブ」に集った人々の精神を貫くものの本質と、そのジェンダー性である。第五章において、打ち壊され閉じられようとする部室を見ながら、最後の部員・永遠はこのように総括をする。

同じクリーム色の制服を身にまとった、どこかこの世に居心地悪そうな、少女たち。美しい者、醜い者、悲しげに沈んだ者、幸福に弾《はじ》ける者。そして彼女たちの上空を長きの間、漂い続けた、遥《はる》か昔の、菫色《すみれいろ》の目をした青年――。さまざまな時代を駆けぬけた、異形の者たちの百年の、暗黒の歴史にいま幕が下ろされようとしていた。（２３０頁）

**「永遠の探究者」「虚無の青年」**

「遥か昔の、菫色の目をした青年」とは、創始者のミシェールのことを指すが、これが同時に「聖マリアナ」であることに、私たちは気を付けておくべきだろう。受講学生のひとり（F）は、読書クラブ員が「ミシェールの精神的子孫」（２４５頁）と位置づけられていることにふれながら、次のような議論を展開していく。

第二章の書き手〈両性具有のどぶ鼠〉はマリアナ（ミシェール）のことを、「永遠の探究者、真っ白な幸福にも、甘美な不幸にもけっして満足することなく、この世につめたい狼煙を燃やし続ける虚無の青年」（１０４頁）と評していた。読書クラブ員もまた、同じ性質を分かち持つ者たちであろう。「虚無」の示すところが「空っぽ」なのであれば、「探究」とは、その「空っぽ」であるところに何かを埋めようとする行為であろう。その「空っぽ」に、それぞれが自分自身で何かを詰めたとき、「永遠の探究者＝青年」ではなくなる。たとえばそれは、聖マリアナ学園を卒業し、大人になり、社会の一員になることを意味するかもしれない（国会議員になった妹尾アザミは「我々は大人になり、社会に飛び出し、それぞれに汚《けが》れ、堕《お》ち、変容した」（229頁）と言う）。「しかし」と、アザミは続ける。「恐れることはありません。我々には無限の可能性があるのです。世の中がどんなに変わろうと、強い滅びの風が吹こうと、我々、人間の精神がもつある種の自由は、けして変わることがないでしょう」（229頁）と。このことばは「青年＝乙女」でなくとも、眼前にある「無限の可能性」と「精神の自由」は、だれにとっても変わることがない、ということを伝えるのだ。

### 「青年」の性別

さて、最後の問いかけである。「青年」に性別はあるのだろうか？

『青年のための読書クラブ』という小説のタイトルを見て、読者はまず、どのような人物たちの物語と考えるだろうか？　「青年」とは、語の意味からすれば「若いひと」のことだから、性別など問題にはならない、というのが前提ではある。だが、「好青年」といって女性を思い浮かべるひとはいないだろうし、「青年実業家」といって、若い女社長を即座に思いつくひともいないだろう。ということは、一般的に使われている「青年」には、あからさまにジェンダーの刻印があって、それは「若い男性」というものであろう。

しかし、いざ物語に取り組んでみると、そこは「若い女性」たちばかりのいる空間で、それゆえに、この物語を「少女文化」や「女学生文化」といった切り口から論じた受講学生もいたし（H）、「宝塚歌劇団」のような、女性ばかりで行うエンターテイメント空間を引き合いに出しながら検討を試みた例（B・F）もあった。さらに言えば、ここは「若い男性を嫌悪する」女性たちによって占有された場所である。その点からすれば、この小説はタイトルからして、性別の倒錯が起こっているのだとも言える。そして、この「倒錯」は、何を置いてもまず、マリアナとミシェールの成り代わりに端を発する。「聖女マリアナ」と信じられていた者が、実は兄のミシェールであり、「修道者」とあがめられていた者が、実は神も悪魔も否定する無神論者であったこと。ヒエラルキーのトップに「マリアナとミシェール（＝マリアナの姿をしたミシェール）」というふたりの混成を頂く学園の構造を、真に理解しているのは、実は場末に追いやられ、「鬼子」とさげすまれた「読書クラブ」であったこと。ここには、性別を筆頭として、すべてが転倒の可能性を持ち、目に見えていると信じているものの裏側には、全く「異」なる様相が潜んでいるかもしれないという、不安と期待を醸し出す空気が渦巻いていると言えないか。

さらに、小説の最終部に至って、「青年」の条件であるはずの「若さ」までが転倒されていることに注目したい。老年にいたっても、「読書クラブ」（ここでは会員制喫茶店『習慣（ハビトゥス）と振る舞い（プラティーク）』であるが）に集う人々の間には、「聖マリアナ、いや……ミシェールの精神的子孫」（245頁）という自覚が共有されている。その彼女らがなぜつながっているかという理由はただひとつ、「読書という共通項が依然として残されて」（244頁）いるからなのだ。この小説は、いわば「倒錯」と「転倒」の物語であるが、そこに一本、確かな道筋を認めるとすれば、それは「読書」という行為への絶大なる信頼であろう。書物の内容そのものは問題ではない。「物語」が伝播していく、最初の第一歩としての「読書」という行為は、少女たち、老女たちをつないで「青年」へと転化し、新たな可能性を開き続ける。小説の、結びの部分を紹介しよう。この箇所は、本書を読んでくれている、すべての読者に向けて届けたい。みなさんひとりひとりを「読書クラブ員」とみたてて。

だが考えてみるに、ミシェールが消えた後に我々がやってきたように、いつの時代も、我々のような種類の者は存在する。若者は悲しく、回り道をぐるぐると雄々しく生きてゆく。なるほど我々はかほどに老いたが、明日は常に誰かの——つまりは貴方《あなた》の、輝く未来である。おぉ、それで十分ではないか？　それがつまりは、生きたということではないか？　いまは、黄昏《たそがれ》。喪失の前の、一瞬の覚醒。我々はそろそろ消えるのだろう。未来を若者に託し、砂塵となり、風とともに消えることになんの不満があるものか。乙女よ（そして青年よ！）、永遠であれ。世がどれだけ変わろうと、どぶ鼠《ねずみ》の如く走り続けよ。砂塵となって消えるその日まで。雄々しく、悲しく、助けあって生きなさい。（247—248頁）

# あとがき

この年、「ジェンダー言語文化学演習」に登録していた学生は全体で十六名いたのだが『「ジェンダー」で読む物語』という「まほろば叢書」の試みに、積極的に参加してみたいと手をあげてくれた八名には、授業後十回ほどの勉強会に参加して、さらに議論を練ってもらった。

この本の執筆者は、「演習」を担当した教員である。だが、「物語」を読み解く際の注目点を発見し、論の形で発展させていったのは、受講生たち自身である。だから教員は、ほとんどが黒衣《くろこ》のような存在で、学生たちが発言したこと・指摘したこと・考えたこと・書いたことを、できるだけ再現してまとめようと試みている。うまく行っていないところがあれば、それは、ひとえに執筆者の責任によるものだ。

本書の中核になる「原案（アイデア）」を形作ったのは、上に説明した、主に八名の学生たちであり、ここにその氏名を紹介する。第二章以降に（A）のように、ローマ字一字で表現してある箇所が何度も出てくるが、それは、各受講学生をあらわす記号のようなものとして読んでいただければと思う。学生の発言や記述を主に「　」の中に入れて表現してあるが、これもまた、まとまって伝わらないとすれば、ひとえに、執筆者の力不足によるものである。

菱田　里緒菜（ひしだ　りおな）（A）
西谷　梓穂（にしたに　しほ）（B）

上杉　綾乃（うえすぎ　あやの）（C）
野田　ゆうき（のだ　ゆうき）（D）
杉本　優芽（すぎもと　ゆめ）（E）
三浦　実加（みうら　みか）（F）
中山　薫（なかやま　かおる）（G）
和多山　光（わたやま　ひかる）（H）

本書を完成させるまでに、多くの方の協力を得た。なかでも、この講義に出てくれていた過去の受講生のみなさんたちは、本書の土台を作ってくれたと言っても過言ではない。なかでも、二〇一七年度の受講学生のみなさんは、確実に、本書の一部を成している。ここに、深く感謝します。

二〇一九年一月　髙岡　尚子

## 文献一覧（各章で引用・言及した作品や研究成果）


### 第一章

橋本秀雄『男でも女でもない性・完全版――インターセックス（半陰陽）を生きる』（青弓社、二〇〇四年）
村田沙耶香『星が吸う水』（講談社文庫、二〇一三年）
藤野千夜『少年と少女のポルカ』（講談社文庫、二〇〇〇年）
フローベール『感情教育』上・下（山田𣝣訳、河出文庫、二〇〇九年）
村山由佳『天使の卵』（集英社文庫、一九九六年）
山本文緒『恋愛中毒』（角川文庫、二〇〇二年）
西加奈子『白いしるし』（新潮文庫、二〇一三年）

### 第二章

ペロー「赤ずきん」（『いま読む　ペロー「昔話」』、工藤庸子訳、羽鳥書店、二〇一三年）
グリム「赤ずきん」（完訳『グリム童話集』1、金田鬼一訳、岩波文庫、一九七九年）
私市保彦・今井美恵『「赤ずきん」のフォークロア―誕生とイニシエーションをめぐる謎』（新曜社、二〇一三年）
アシル・ミリアン／ポール・ドラリュ『フランスの昔話』（新倉朗子訳、大修館書店、一九八八年）
エーリッヒ・フロム『夢の精神分析　忘れられた言語』（外林大作訳、東京創元社、一九五三年）
ブルーノ・ベッテルハイム『昔話の魔力』（波多野完治／乾侑美子訳、評論社、一九七八年）
カール＝ハインツ・マレ『〈子供〉の発見　グリム・メルヘンの世界』（小川真一訳、みすず書房、一九八四年）
河合隼雄『昔話と現代』（〈物語と日本人の心〉コレクション）、岩波現代文庫、二〇一七年）
ロバート・ダントン『猫の大虐殺』（海保真夫／鷲見洋一訳、岩波書店、二〇〇七年）
アラン・ダンダス『「赤ずきん」の秘密―民俗学的アプローチ』（池上嘉彦／山崎和恕／三宮郁子訳、紀伊國屋書店、一九九四年）
ジャック・ザイプス『赤頭巾ちゃんは森を抜けて―社会文化学からみた再話の変遷』（廉岡糸子／横川寿美子／吉田純子訳、阿吽社、一九九〇年）
ジャック・ザイプス『おとぎ話の社会史―文明化の芸術から転覆の芸術へ』（鈴木晶／木村慧子訳、新曜社、二〇〇一年）
岡光一浩『【文学講義】大人が読む「赤ずきん」』（鳥影社、二〇一二年）
村井まや子「赤ずきんの内なる狼」（『人文研究』神奈川大学人文学会誌、154巻、2004年、159―175頁）

### 第三章

西加奈子『きりこについて』（角川文庫、二〇一一年）
グリム「白雪姫」（完訳『グリム童話集』2、金田鬼一訳、岩波文庫、一九七九年）

### 第四章

桜庭一樹『青年のための読書クラブ』（新潮文庫、二〇一一年）

## 読書案内

**☆「ジェンダー」や「ジェンダー研究」について理解を深めたい読者へ**

加藤秀一『はじめてのジェンダー論』、有斐閣、二〇一七年

伊藤公雄／牟田和恵 編著『ジェンダーで学ぶ社会学　全訂新版』、世界思想社、二〇一五年

木村涼子／熊安貴美江／伊田久美子 編著『よくわかるジェンダー・スタディーズ』、ミネルヴァ書房、二〇一三年

小山静子『戦後教育のジェンダー秩序』、勁草書房、二〇〇九年

木村涼子／古久保さくら 編著『ジェンダーで考える教育の現在』、解放出版社、二〇〇八年

ロバート・W・コンネル『ジェンダーと権力―セクシュアリティの社会学』、森重雄／菊池栄治／加藤隆雄／越智康詞訳、三交社、一九九三年

**☆第一章で紹介した、性の多様性やジェンダーと文学について、考察を深めたい読者へ**

橋本紀子／池谷壽夫／田代美江子 編著『教科書にみる世界の性教育』、かもがわ出版、二〇一八年

黒岩裕市『ゲイの可視化を読む　現代文学に描かれる〈性の多様性〉？』、晃洋書房、二〇一六年

森川至貴『LGBTを読みとく』、ちくま新書、二〇一七年

原ミナ汰／土肥いつき 編著『にじ色の本棚　LGBTブックガイド』、三一書房、二〇一六年

小山静子／赤枝香奈子／今田絵里香 編『セクシュアリティの戦後史』、京都大学学術出版会、二〇一四年

マルティーヌ・リード『なぜ〈ジョルジュ・サンド〉と名乗ったのか？』、持田明子訳、藤原書店、二〇一四年

木村朗子『恋する物語のホモセクシュアリティ』、青土社、二〇〇八年

ショシャナ・フェルマン『女が読むとき・女が書くとき―自伝的新フェミニズム批評』、下河辺美知子訳、勁草書房、一九九八年

**☆第三章や第四章で扱ったような作品について考察を深めたい読者へ**

貴戸理恵『女子読みのススメ』、岩波ジュニア新書、二〇一三年

中村桃子『女ことばと日本語』、岩波新書、二〇一二年

鈴木翔『教室内カースト』、光文社新書、二〇一二年

菅聡子 編『〈少女小説〉ワンダーランド―明治から平成まで』、明治書院、二〇〇八年

押山美知子『少女マンガジェンダー表象論―〈男装の少女〉の造形とアイデンティティ』、彩流社、二〇〇七年

今田絵里香『「少女」の社会史』、勁草書房、二〇〇七年

ドゥルシラ・コーネル『女たちの絆』、岡野八代／牟田和恵訳、みすず書房、二〇〇五年

若桑みどり『お姫様とジェンダー』、ちくま新書、二〇〇三年

川端有子『少女小説から世界が見える』、河出書房新社、二〇〇六年

**☆第三章や第四章を読んで、自分でも、「ジェンダーで物語を」読んでみたくなった読者へ。次のような小説はいかがですか？**

青山七恵『ひとり日和』（河出文庫）

絲山秋子『沖で待つ』（文春文庫）

乾くるみ『イニシエーション・ラブ』（文春文庫）

絵國香織『きらきらひかる』（新潮文庫）

小川洋子『薬指の標本』（新潮文庫）
窪美澄『水やりはいつも深夜だけど』（角川文庫）
小手鞠るい『好き、だからこそ』（新潮文庫）
桜庭一樹『少女七竈と可愛そうな大人』（角川文庫）
中山可穂『花伽藍』（角川文庫）
姫野カオルコ『リアル・シンデレラ』（光文社文庫）
松浦理英子『ナチュラル・ウーマン』（河出文庫）
三浦しをん『きみはポラリス』（新潮文庫）
村田沙耶香『殺人出産』（講談社文庫）
山田詠美『蝶々の纏足・風葬の教室』（新潮文庫）
山本文緒『眠れるラプンツェル』（角川文庫）
唯川恵『肩ごしの恋人』（集英社文庫）
柚木麻子『伊藤くんAtoE』（幻冬舎文庫）
吉本ばなな『キッチン』（角川文庫）
綿矢りさ『ひらいて』（新潮文庫）

---

## 図版リスト一覧

### 第二章

【編著者】

**髙岡　尚子（たかおか　なおこ）**

奈良女子大学研究院人文科学系・教授　専門は19世紀フランス文学／ジェンダーと文学。主な著書に『摩擦する「母」と「女」の物語―フランス近代小説にみる「女」と「男らしさ」のセクシュアリティ―』(晃洋書房)、『恋をする、とはどういうことか？―ジェンダーから考えることばと文学』（ひつじ書房）がある。

奈良女子大学〈まほろば〉叢書

**「ジェンダー」で読む物語**

**――赤ずきんから桜庭一樹まで**

---

2019年2月20日　初版発行

編著者―© 髙岡　尚子
発行者―竹村 正治
発行所―株式会社かもがわ出版
〒602-8119　京都市上京区出水通堀川西入亀屋町 321
営業　TEL：075-432-2868　FAX：075-432-2869
振替　01010-5-12436
編集　TEL：075-432-2934　FAX：075-417-2114

印刷―シナノ書籍印刷株式会社

---

ISBN　978-4-7803-1010-8 C0390